《三晋文化研究丛书》编委会

主　任

李玉明

副主任

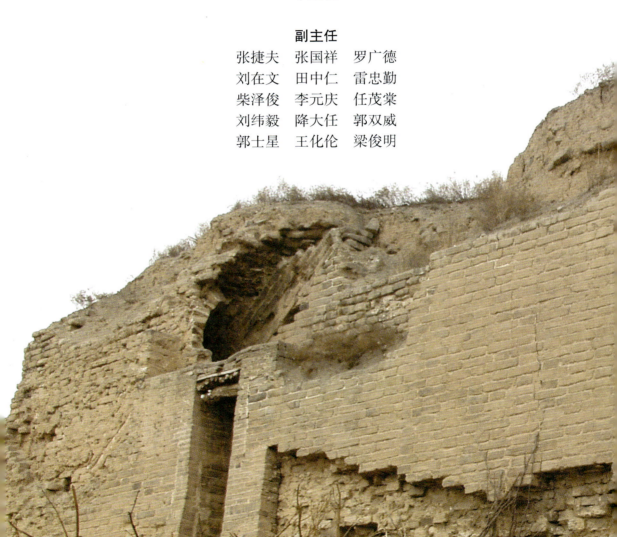

西口情歌

燕治国 / 编著

山西出版集团
山西古籍出版社

作者与胡松华（右）、殷秀梅

作者与郭兰英

作者与陈爱莲

作者与德德玛

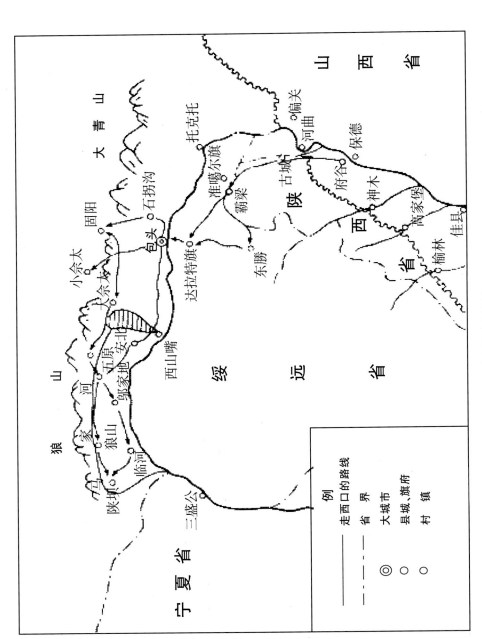

走西口路线图

目　录

作家漫笔　　解读西口文化

走 西 口

——代前言

燕治国

　　出太原府,往晋西北走去。穿过千道深沟,翻过百座大山,有小县零零碎碎地贴在黄河边子上。河水自内蒙古地界流过来,一路上无遮无拦模样真是潇洒极了。偏是在进入这个不起眼的小县时,被一处叫做龙口的石罅死死卡住。犹如千万只饥饿的老虎,突然间被赶进一条狭小的山沟里,任它有吃人的本事,也施展不开了。

　　河水仰天长啸,用它硕大的头颅愤怒地撞击着两岸的悬崖峭壁。石罅里翻卷起如柱的波浪,涛声雷鸣般响彻两岸山地。只是山崖像铁一样坚硬,满河流水撞上去,只落下来一层层细碎的水珠儿。

　　从龙口出来,河面顿时宽阔了许多。黄河水夹带着两岸的泥沙,一时间显得益发黏稠滞涩。河中心有太子、娘娘二滩,水涨五尺,滩涨一丈,据说自古以来就不曾被河水淹过。滩把河水分开来,一股在东,一股在西,狂躁的河水便慢慢平静了。一如即将出嫁的女儿家,呢呢喃喃地依偎在娘的怀里,由着人家给她梳妆打扮。

　　白日河面上有舟楫往来,扳船汉的号子一声高过一声。夜里一溜木船泊在岸边,尾棹碰在别的船上了,"嗵"的一声;细浪把它推开去,便悄悄地没入水中。河那面是山。夜色把群山的影子投进河里,满河一片墨黑。河这边也是山。山腰上躺着绵延不断的古边墙。隔一二里,兀然一墩黑黝黝的烽火台。再隔一二里,兀然又是一墩黑黝黝的烽火台。

　　沿河几十个村镇,或者叫某某口某某营,或者叫某某城某某堡。营堡里城墩林立,城楼森严,分明是先人们打仗的地方。其余的村子,远离河畔,兔子一般藏在深山老沟里。老百姓出门来,迎面是一道山坡。上了山往下走,脚下又是一道山坡。一县的土地都挂在山坡上。老天若是下雨,一亩地能收三斗五斗;若是天旱呢,受苦人瞪一眼冒烟的沙子地,只好另寻生路去。

　　有民谣唱这小县的风景,道是:

　　　　河曲保德州,

　　　　十年九不收。

　　　　男人饿断腰,

　　　　女人泪长流……

　　河曲,便是这小县的名字了。

　　小县有很古老的历史,可惜没有仔细记载下来。县境里到处是秦砖汉瓦,还有远古的石器和洞穴。历朝历代,无数兵士被发配到这里,和河对岸的犬戎、北狄、晕粥、林胡、楼烦、乌桓、拓跋、鲜卑、柔然、薛延陀、契丹、党项、阴山鞑靼诸部以及后来日渐强大的匈奴部落进行过殊死的搏斗。边墙上面铺满箭镞,边墙里头的尸骨埋完一堆又一堆。从江南和中原征来的兵丁,面对滔滔大河和莽莽荒山,面对累累白骨和无休无止的战争,欲哭无泪,入地无门。他们大声呼号,喝退成群的狼虫虎豹。他们痛苦地吟唱,怀念远方的亲人和死去的战友。他们喝得烂醉如泥，等待着死神的降临。从箭痕累累的边墙雉堞旁边，从被狼烟熏得漆黑的烽火台脚下，日日夜夜传来守边兵丁凄楚悲凉的歌哭。

这里是战争的最前沿。剽悍的外族兵马就居住在黄河对岸。一旦对方人马风一般卷过来，区区几千边卒怎么能够抵挡得住骁勇的骑兵队伍呢？

好在朝廷从来就没有期望他们活着回去。

朝廷的重兵设在远离河曲的雁门关、宁武关、偏头关一带。那里才是真正的战场。驻守在这里的将士们，不过是一群群送死鬼罢了。

人死了一批又一批，仗打了一年又一年。每一批边卒都诅咒这可恶的战争。每一批边卒都希望早日离开这鬼哭狼嚎的地方。他们操着不同的口音，狠声骂道：日他娘的，哪一个挨刀的家伙设置下这样的灰地方！鬼魂都挤得转不过身子来了，难道还要爷爷们把命也交下吗！

这些无助而又无奈的将士们，留下来无数悲壮的诗篇。他们歌唱黄河黄土荒山丘陵。他们歌唱荒原暴风惊涛拍岸。他们经受着常人无法忍受的熬煎，把这里的一草一木都当做自己最亲密的伙伴。他们以诗明志，抒写自己捍守疆土的豪迈情怀。他们挥剑击节，愿与山河同在，随时准备为国家抛洒出一腔热血！

但是，朝廷的昏聩残忍和骇人听闻的奢侈靡烂激怒了他们。当他们用自己的身躯抵挡敌寇的进犯时，朝廷从未给过他们足够的兵器和粮饷。他们整日以野菜草根充饥，不是死在边墙雉堞旁边，便是让狼虫虎豹撕得稀烂。朝廷对此不闻不问。朝廷只给了他们一种选择：死亡。

而那些朝廷的狗官们，整日享用着无尽的美酒佳肴。酒足饭饱之后，便把自己舒舒服服地浸泡在三妻六妾的裤裆里。一旦边陲吃紧，他们或抱头逃窜，或下马投降，一个个都成了太监的家伙——没用的东西！

将士们终于揭竿而起。他们举着大刀长矛，决心要打到京城去。他们编出来豪壮的造反歌谣，要把贪官污吏剁成肉浆。他们一直杀到宁武关雁门关，不料壮志未酬身先死，一颗颗脑袋先让自家人砍去了。

战争终于结束了。

兵士们骂一声狗日的打仗，流着眼泪唱啊跳啊，把长矛撅进城壕，把大刀扔进黄河。城堡里酒气熏天,满河漂浮着喜庆的灯碗儿。

就要回家了!就要离开这连狼都养不住的灰地方!一支大船放下去,不消十天半月就到了中原地带。即便走旱路,有半年工夫也就到家了。家乡青山绿水,家乡有吃有喝。家乡人亲土亲,家乡才是人呆的地方啊!

兵器扔了。酒喝完了。皇上的圣旨下来了。朝廷命戍边将士永留边陲。闲时耕田种地,战时披甲上阵。为繁衍生息计,可就近与本地或陕北女子成婚,还可从山西洪洞一带迁移人口,以充边卒不足之数。若有抗旨逃匿者,一律就地正法,严惩不贷!

没有人能逃回内地去。且不说有朝廷的人马严密监视,光是三百架大山四千道深沟就把将士们的逃路斩断了。

几千边卒就这样留下来。征衣破碎,先是用粗麻绳连缀在一起。实在穿不成了,便仿照蒙古人的模样,用一张羊皮遮住身子。吃粮无着,只好在山坡上耕作播种。多少年多少代,荒山上留下他们无数的脚印和血汗。多少年多少代,山沟里回响着他们面对窘困的叹息与呻吟。边关之地,寸草难生,即便流尽血汗,又能换来什么呢?倘若终年耗在山坡上,肠子就要饿断了。倘若总是怨恨命运的不公正,只能是垂泪等死了。守边将士的后代们,在绝望中思谋着他们的活路。

他们不能回内地去。尽管战事早已停止,禁令也无人提起,但几代人传下来,他们的口音变了,习俗也变了。不再吃板鸭腊肉大葱蘸酱,每日三顿都是粗硬的糜子米。再也见不上绫罗绸缎,男人女人穿的是粗布与羊皮。皮袄里虱子滚成团儿,一齐来吮吸这些可怜人们的鲜血。他们不知道老家是什么模样,对先人也没有一丝留恋。每一位老人临终前,都对他们的子孙说:娃呀,再不要相信朝廷的话,也不要到中原地界去。咱们是刮出来的野鬼,先人的地盘里,早就没有咱们的牌位子了……

边民们都藏在山缝子里。他们编山曲儿解闷,用顺口溜糟践朝廷。有一首嘲弄隋炀帝的莲花落儿,正是从他们居住的山沟里传出来的:

　　　金殿玉帘挂银钩,
　　隋炀帝高坐在龙楼。

忽然一天圣旨传，
无道昏君要下扬州。
文官上殿将他劝，
武官上殿把他留。
昏王一听怒气冲，
谁要阻拦砍掉头！
现有水路他不走，
旱地上面走龙舟。
文武百官齐动手，
抓上黎民挖河沟。
河沟挑开八百里，
登上旱船下扬州。
干沟没水船不动，
铺上糜黍拌香油。
三千男女来拉纤，
不让穿衣穿兜兜。
闺女拉纤在前头，
脸迎后面退着走。
拉纤后生光溜溜，
面对闺女低倒头。
这昏王，坐船头，
止不住心里乐悠悠。
锣鼓一响为号令，
昏王就把宝剑抽。
一剑砍断拉船绳，
闺女后生栽跟头。
男女栽成一锅粥，
又是恨来又是羞。
恨只恨昏王无道民遭殃，

羞得是此事难出口。
这昏王,到扬州,
程咬金一见气冲牛。
一棒打死隋炀帝,
昏君转生成一头牛。
一岁两岁吃牛奶,
三岁四岁拉犁头。
龟孙拉犁紧着走,
拉不动就用鞭子抽。
老牛力尽刀尖死,
卖给屠家割它的头。
把肉堆在案板上,
半斤四两上秤钩。
剥下牛皮鞔大鼓,
把它挂在钟鼓楼。
昏王哭得苦凄凄,
没想到当了报更猴。
骨头削成簪子样,
卖给女人别油头。
剩下蹄骨没用处,
匠人就把骰子抠。
六棱骰儿滑溜溜,
落在赌博汉手里头。
这个喊三三不成,
那个喊六没有六。
三也成不了,
六它也不够。
一气扔到茅坑里,
多了一块臭骨头!

边民用各种各样的山野小调寄托他们的喜怒哀乐。漠漠荒野间，到处回响着他们苍凉的歌唱声。一嗓子唱起来，山也听见了，水也知道了。一嗓子唱出去，不管多难多苦，山民们就非要活下去不可！

后来这小县就有了无事不歌，无歌不行的乡俗。日出有歌，日落也有歌。放羊有歌，牧牛也有歌。男欢女爱有歌，交媾做爱也有歌。农夫有歌，船汉有歌，任何劳作都有歌。男人有男人的歌，女人有女人的歌。一县的老老少少，都装着一肚子的歌。

人们唱，狗就竖起耳朵来听。

听的时间长了，狗叫起来也是歌。

这些被定为河曲子民的穷汉们，在漆黑的夜晚秘密聚会。他们嘴里骂着粗话，说是一定要给朝廷点颜色看看。朝廷不是让死守在这里吗，那就让朝廷的人们守去好了，河曲人决定离开这里，到河那面闯荡一番去。

他们说，打仗结仇是朝廷的事，与咱百姓球的相干！

对岸左侧，是陕北的府谷、神木、榆林诸县。自从圣上敕令秦晋通婚以来，两岸两省人家处得极是亲热。或者结把子拜个弟兄，或者儿女联姻，有了万辈子掏不断的情分。譬如小县火山村的杨继业，便娶了府谷县的佘赛花。婚后生下一大帮儿女，个个都是英雄好汉。

亲家们隔着一条河，往来倒也十分方便。河这边有了事，站在河畔喊一声，河那边的亲家便划个小船儿过来了。河那边人家呢，羊肉炖进锅里了，烧酒烫在壶里了，也是一嗓子吼过来，这边的亲家"扑通"一声跳进河水里，三刨两刨就过去了。

河曲人不会到陕北谋生去。那地方太穷，和河这边是一样样的沙滩地，一样样的干山头。只是多了些黄草沙蓬，少了些鸡叫狗咬。白日有野兔黄羊饮水奔窜，到夜晚黑老鸦"哇哇"地叫得人好生泼烦。偶尔见山旮旯里一星灯火，有三弦声悠悠地飘过来。女人们吼喊着自个儿瞎编的信天游。调门儿很高，唱词儿很野。她们竟敢朝着河这边唱：

白格生生的大腿水格灵灵的×，

这么好的东西还留不住个你……

每到那种时候，河这边的女人便赶紧把热身子塞给自家男人，顺手又把汉子的耳朵捂住了。

不，河曲人不到陕北去。他们瞅住的是对岸右侧蒙古人的地盘。两岸兵马打了几百年的仗，如今终于成了一国的臣民。两族和好，紧闭的城门早已打开。只要从河曲西城门出去，或乘船，或凫水，一袋烟的工夫就站在蒙古鄂尔多斯高原上了。

河曲人要到那里寻找一种活法去。

辽阔的鄂尔多斯高原，那是成吉思汗子孙们的福地啊！那里山高树密，流水潺潺。那里有肥沃的土地，有丰美的水草。鄂尔多斯高原遍地是宝，踩下的脚印能长大，走一步踢死一只黄羊。那里的蒙古人逐水草而居，放牧着无数的牲畜。一顶顶帐房外立起来高高的凯木尔，敖包上祭奠着先祖的刀枪。牧民们挥动马鞭，歌唱着古老雄浑的蒙古长调：

> 敕勒川，
> 阴山下。
> 天似穹庐，
> 笼盖四野。
> 天苍苍，
> 野茫茫，
> 风吹草低见牛羊……

成吉思汗的子孙们骁勇好战，向往自由。成吉思汗的子孙们心地善良，热情待人。他们向往中原地区的繁华与文明，但永远不会接受别人的摆布和调遣。他们这样歌唱自己心爱的战马和弓箭：

> 顺从着天意从仙阁降到人间，
> 成吉思汗圣主常将你佩在身边。
> 抵御外寇，你是逼鼠的家猫；

射击目标,你像飞驰的闪电——

这支百发百中的神箭哟,

请歆享一只整羊祭奠!

他们同时又虔诚地向神灵祈祷:

消除那天灾与人祸,

消除那口角与内讧。

消除那兵燹和战乱,

消除那动刀动枪的敌人。

愿我们的事业圆满成功,

生命常在福禄永存!

他们像骏马一般奔驰在广袤的草原上。住穹庐,食畜肉,衣皮革,喝奶酪,过着自由自在的游牧生活。可日月是那般艰难:没有足够的粮食和烧酒,没有华丽的衣服和装饰。整天与牛羊马驼为伴,到处是腐烂发臭的牲畜皮毛……他们希望守住自己的每一寸泥土,同时又希望和汉人有一种平等的来往和交易。十六世纪中叶,成吉思汗第十六世孙阿勒坦汗奏请明嘉靖皇帝允许蒙汉通贡互市,允许汉人到蒙地垦荒种田。当他的请求被断然拒绝之后,愤怒的阿勒坦汗率领蒙古骑兵,旋风般穿过草原和沙漠,一举包围了京畿重地……

河曲人就是在那时候跑到蒙古地界的。他们不愿意打仗。他们宁愿听从阿勒坦汗的召唤。他们称自己是口里人,过了河,就到了口外了。

最早跑到口外的,是河曲县的刘宝刘柱兄弟。他们擦着陕西府谷县的边儿,一直走到一个被蒙古人呼喊为包克图的地方。那里有流不断的清泉,泉边聚集着数不清的马鹿和羚羊。谁也不知道他们是怎样和蒙古人打交道的。他们的名字能留下来,是因为兄弟俩穷而聪明。他们把背上的粗线褡裢一放,一人占了一块地盘,便宣布脚下的土地叫做刘宝窑子和刘柱窑子。搭两间茅草房,拴上一条狗。便下死力种地,便忙忙碌碌生育。几年之后,各自的窑子粮食满仓,牛羊满圈。以后的包头村,正是由刘家两个窑子演化而成的。

口里人不断流到口外去,终于引起朝廷的警觉。清兵入关后,顺治皇帝下了一道圣旨。规定凡到蒙地垦荒者,必须春出秋回。在蒙期间,不得滋生事端,不得学说蒙语。不得在蒙地修房盖屋,不得娶蒙古女子为妻。再往后,厄鲁特蒙古的葛尔丹率部反叛,清政府干脆在蒙汉边界划出一道长两千里、宽五十里的黑界地,明令蒙汉人等皆不得入内。有违抗禁令者,或被乱箭穿身,或让大刀削了脑袋。

走口外的人流让朝廷卡断了。

五十多年以后,葛尔丹再次举旗造反。勇猛的蒙古骑兵穿过鄂尔多斯高原,直往大同张家口一带逼去。塞外告急,惊动了康熙皇帝。圣上龙颜大怒,亲率大军,第三次征讨这个不服管教的厄鲁特蒙古人。

出京城,过大同,康熙一行绕到河曲保德一带。本来是想领略一番塞外风光,想看看黄河的雄浑景象,没想到路途艰险,荒山连绵,皇帝只好下马步行。那时候黄风从库布其大沙漠刮过来,直吹得龙颜皲裂,龙体打战,龙袍如旗帜一般飘扬。望一眼边地破败的城墙烽火台,望一眼河曲保德沟壑纵横的黄沙地,康熙不禁长叹一声,愀然说道:"穷山恶水,一至于此,贫之极地矣!"

清兵一直打到宁夏,把叛军打得人仰马翻。骄横恣肆的葛尔丹服毒自尽,其女率众投降。康熙班师回朝,黄河两岸百姓三呼万岁。万岁爷挺立船头,脸上笑着,眉头皱着,脑子里正自谋算着往后的事情。

他已经给山西巡抚下了一道手谕,谕曰:

> 朕抚御区宇,念切民依,故不惮勤劳,亲历边境,惟孜孜以靖寇安民为急。兹简约扈从人员,从大同一路缘边地方,进指宁夏,因遍察间阎生聚及土壤肥瘠,收获丰歉之状。边民生计维艰,朕心深用轸恻。虽一切供御之物,纤毫不以累民。而乘舆临幸,宜特敷麻泽,以示恩恤。除大同额赋已有谕旨豁免外,其经过保德州所属地方并各卫所皆贫瘠之地,康熙三十六年应征地丁银米,通予蠲免。尔即

行令该管官吏,张示遍谕,务俾穷乡僻壤均沾实惠,以称朕抚育黎民至意。

　　如此手谕,不过一纸空文罢了。像河曲保德这样的穷地方,哪一年能缴得起朝廷的额赋呢? 看一眼贫瘠的山地,看一眼边民的吃穿,就是再凶狠的赋吏,也难以找到下手的地方。

　　康熙想,蒙古有这么大的地盘,为什么要禁止汉人进来垦荒种地呢? 满蒙一家,那是先祖就定了的。可蒙民总是不服调配,领头的无非是那些王公贵族。把汉人像水一样渗进蒙古地界去,让他们给蒙人种地,给蒙人缴租,然后把王爷们请进京城去,放开肚皮喝酒,撒开银钱找乐,三年五载下来,他们还会记得草原吗? 他们还会扯旗谋反吗?

　　正在这时,伊克昭盟盟长松若布并各旗扎萨克面见皇上,抱怨朝廷对蒙民另眼相看,蒙古人缺粮缺钱缺兵丁,日子过得十分艰难。表示"愿与汉人伙同种地,以求两有裨益"。康熙冷冷地看着他们,说:"知道了。"

　　不久,清廷理藩院奉旨下书曰:

　　　　圣祖圣明,应鄂尔多斯贝勒之请,特许沿边贫民出口外种田。陕人晋人各行其路,各租其田,倘有争斗或蒙古欺压民人之处,即行停止。岁租以每百亩地粟一石、草四束、银一两计。汉民不得拖欠,蒙民不得加收。粮食入仓,钱草两讫。钦此。

　　于是在十七世纪末期,贫穷拥挤的秦晋百姓终于有了施展身手的好去处。成千上万受苦汉走出家门,肩挑背驮,义无反顾地踏上漫漫西口路。他们蓬头垢面,破衣烂衫,脑子可是一点儿也不糊涂。明知道不是进京赶考,明知道不是做官领兵,但这些赤手空拳的农家汉子们,脑子里都在谋划着自己的锦绣前程。

　　走西口一时就成了此地时尚。做工的、种地的、拉船的、赶脚的、耍小手艺的、打莲花落的……但凡是个男人,都想到口外碰碰运气。

　　留下来女人们,看守着破窑烂院。

偏远贫困的河曲县,走西口风行数百年。几百年蒙古地养活了无数河曲人,几百年河曲人传下来无数的山曲儿。走西口的男人想媳妇,把媳妇浑身上下唱遍了。口里的女人想汉子,沟里盘算,炕上思量,唱出来的曲儿能把人亲死疼死。能把铜头铁汉化了,能把人的真魂儿给断了。

男人们这么唱:

> 大青山上卧白云,
> 难活不过人想人。

> 大青山石头乌拉山的水,
> 亲亲的两口子谁也见不上个谁!

曲儿刚停住,说不定就有胆大的蒙古女子接上了:

> 三苗苗杨树两苗苗高,
> 你看乌兰妹子好不好?

穷汉们一时迷窍,不由就痴眉愣眼地回两声:

> 你是蒙来我是汉,
> 咱二人相好金不换!

蒙古女子狠狠地剜他一眼,叹声唱道:

> 为朋友不为你们口里猴,
> 三春期来了九十月走……

而口里女人睡在破窑里,大睁着眼就梦见汉子回来了。她们锐声唱道:

听见哥哥回家来，
热身子扑在冷窗台。

听见哥哥喊一声，
圪颤颤打断一根二号针。

口里有那偷花的贼，一旦知道谁家的男人走了口外，就整夜趴在人家的
墙头上，鬼声鬼气地唱：

咱二人相好一对对，
铡草刀铡头不后悔！

小媳妇吓得大气也不敢出，心里骂这个挨刀鬼枪崩货真是瞎了他的狗
眼窝。可是那挨刀鬼枪崩货不依不饶，天天趴在墙头上，天天就这么唱。

时间一长，唱得人火烧火燎，心里身上好像有猫儿抓挠一般。不由就悄
悄地把烂大门拉开一条缝儿，那野男人便饿狼一样扑进来！

媳妇儿想起自家的汉子，长长地叹一口气，对那男人唱道：

满天星星没月亮，
小心踏在狗身上！

十八颗星宿十六颗明，
不亮的那两颗就是咱二人……

山曲儿愈编愈多，有些爱热闹的人就说："这么好的东西，不能光是在荒
山野沟里瞎嚎叫。咱盖上一座戏台，敲起锣鼓来亮亮儿唱狗日的！"那些连饭
也吃不上的山民们，竟一呼百应，赶紧和泥，赶紧背石头，高兴得像是捡到了
一块金元宝。消息传出去，一县山民齐出动，每一个山村都盖起一座戏台。

从此，只要人们心里高兴，只要男人们在家，锣鼓大镲一敲打，村子里头

就开戏了。上台的都是村里人，随口把那些山曲儿一串，随口加上些些台词，一出戏能演到后半夜。台上的人把他们在口外受的苦楚唱出来，女人们一边流泪一边说："不当人子了！人世间，再苦不过个走西口！只是你们那苦，苦在腿上嘴上，好歹还能说出来唱出来。我们女人家的苦，苦在身上，苦在心里，有谁能知道那是怎样一种苦法呀！"

山里人也求神，也拜佛，也编了求神拜佛的歌。但他们从心底里蔑视那些不会说话的泥胎。女人们给财神爷磕头，男人们就撇着嘴说："球的个财神，财神爷都在口外呢！"

老天不下雨，村子里每年都要张罗祈雨的人伙。人们一边积极筹办，一边说："怕球它个老天！哪怕它一年不下一滴雨，爷在口外照样吃得肚儿圆圆。不信它灰孙子能把口外也给旱死！"

别处祈雨，出面的是德高望重的长者。这小县祈雨时，专挑那些有恶行的歹人偷花的贼。人们在这些灰货肩头上烫了伤疤，插上小刀，拴了铁链，然后让他们跪在地上唱：

> 敬上一炉香呵，
> 跪倒在拜水场。
> 因为我丧天良呵，
> 连累乡亲遭祸殃。
> 从此我不赌不嫖不偷也不抢，
> 天神爷爷呵，
> 赶紧给咱下些些雨汤汤！

山里人就这样唱着他们的山曲儿过日子。如果没有这些山曲儿，大山沉寂，虎狼奔窜，人世上或许就没有这个小县了。而有了这些山曲儿，就犹如黄连里兑了蜜，旱井里流进了水。山民们才能生生不息，才有勇气向着苦难的命运，射出一支支锋利的箭矢。

走西口的路线，被一首民谣记载下来了：

头一天住古城，
走了七十里整。
路程不算远，
跨了三个省。

第二天住纳林，
碰见几个蒙古人。
说了两句蒙古话，
甚球也听不懂。

第三天翻霸梁，
两眼泪汪汪。
想起家中人，
痛痛哭一场。

第四天沙蒿塔，
拣了个烂瓜钵。
拿起来啃两口，
打凉又解渴。

第五天珊瑚湾，
遇见个鞑老板。
问一声赛拜奴，
给了碗酸酪丹。

第六天乌拉素，
扯了二尺布。
坐在房檐下，
补补烂皮裤。

第七天长牙店，

住店没店钱，

叫一声长牙嫂，

可怜一可怜……

而在西口外所干的活计与所受的苦难，也有民谣为证：

在家中无生计西口外行，

一路上数不尽艰难种种。

东三天西两天无处安身，

饥一顿饱一顿饮食不均。

小川河耍一水湃断儿根，

翻霸梁刮旋风两眼难睁。

住沙滩睡冷地脱鞋当枕，

铺竹芨盖星宿难耐天明。

上杭盖掏根子自打墓坑，

下石河拉大船驼背弯身。

进河套挖大渠自带囚墩，

上后山拔麦子两手流脓。

走后营拉骆驼自问充军，

大青山背大炭压断板筋。

蒿塔梁放冬羊冷寒受冻，

遇传人遭瘟病九死一生。

收倒秋回口里两眼圆睁，

防土匪捅刀子送了性命。

走口外的人仍然春出秋回。三春期黄毛儿旋风刮起，女人眼泪汪汪地想跟着走，汉子便将一双牛眼瞪起，厉声喝道：西口外也是你们女人去的地方吗？风沙大能刮瞎你那毛眼眼，路程远能要了你那小命命！乖乖在家守着，等哥秋后回来红红火火过几天好日子！

狗的！跑口外的人说，可算是找见吃饭的地方了。看人家那喝酒，一碗一碗端住往肚里倒，顶如是喝凉水一般！口里人要是那么喝，万贯老财也变成讨吃鬼了。看人家那吃肉，一只整羊端上来，眨眼眼工夫就吃得剩下一堆羊骨头。看人家那女人尿尿，就地把袍子一旋，"嗤嗤嗤"便在地上钻个窟窿眼儿。把人尿得心像猫抓呢，她倒像没事人一般——真叫人招架不住呀！

再看看人家那泥土，攥一把流油，怕是把人籽儿撒进去，也能蹿起一房高……

跑口外的河曲人，成年价受得腿脚抽筋，成年价吃得肚儿圆圆。每年一到树叶儿落尽时分，人们便把大红糜子装在羊皮筏子上，顺河放回口里来。走口外的人说，口外遍地都是宝，那是老天爷专为穷人设置的地方。后套肥富，穷人一走进去便让套住了。消息传开去，周围三州十六县的老百姓，心里"蓬"地着了一团火。第二年春天，走西口的队伍里，又多了无数的生面孔。忻州代州的侉侉们，呼喊着"出入相友，守望相助，疾病相扶持"的动人口号，也拉帮结伙跑到口外去了。

辛辛苦苦干一年，果然是粮食堆成了山。人们喜滋滋地碾磨加工，想起了庇佑他们的诸路神灵，便奔走相告，相互串通，在人家的地盘上，修起了龙王庙和关帝庙。夜来抽烟瞎谝，说到憨厚淳朴的蒙古兄弟，一番难禁的感慨之后，又集资兴盖了专供蒙古人朝拜的喇嘛召。蒙民听到消息，带着帐房锅灶，赶着成群的牲畜，潮水般涌进包克图地界来。朝拜完毕，便恳请汉人用粮食换取他们带来的麝香鹿茸蘑菇兽皮。河曲人正在犹豫呢，代州人已经满脸堆笑，用生硬的蒙古话把"客人"迎接到火炕上。喝一壶砖茶，抽一块生烟，双手一比划，便把买卖作成了：两包曲沃生烟顶一块砖茶。两块砖茶换一只羊。七只羊换一匹马。四匹马换一只骆驼。代州人尝到甜头儿，把锄头镰刀一扔，纷纷办起盛极一时的"接鞑子行"。

不久，发了大财的代州人，挺着胸膛回到口里，倒贩来大量日用杂货，然后赶着自家的骆驼，浩浩荡荡地开往后山草地，当上了财大气粗的旅蒙商。

旅蒙商里出了个梁大汉，名声传遍了蒙古地。

代州人梁大汉，自幼读过三年私塾。后因家境贫寒，只好随父耕田种地。待长到十五六岁，别的本事没有，只一副身板喜人。其人肚大如坛，吃饭无需咀嚼，只管一碗一碗地往喉咙里倒。老爹一看着了急，赶紧打发他到口外找饭去。梁大汉不敢怠慢，扯开流星大步走西口，几蹦子就蹦到包头村。在代州营子里找到老乡，如此这般一说，即被举荐到"复义兴"，当了一名小伙计。

大汉牛高马大，做人极是勤快诚实。进了字号，提茶壶跑得风快，倒夜壶没有一丝怨言，因他识得几个字，不久即升任为司账先生。旅蒙商必须精通蒙语，大汉求师拜友，经常彻夜念诵，一如进京赶考的举人秀才。掌柜的看他顺眼，又把他提升为驻地采购总管。不久，即命他统领了复义兴的驼队，向外蒙古的大库仑进发了。

那当然是一次非常艰难的行军。骆驼驮着砖茶、绸缎、丝绦、斜纹布、哈达、鼻烟、珊瑚、玛瑙、玉器、铜壶、铜锅、铜佛爷等一应货物，自包头启程，夜行昼宿，一天最少得走出七、八十里。梁大汉和他的骆驼队，经历了一次次生死搏斗，一次次总算活了下来。

两个月之后，驼队进入大库仑。梁大汉拜见当地王公哈少，少不得送礼问好，讲明人驼数目、来去路程、货物数量，以便日后缴清水草税捐。同时换取当地旗府执照，以求得王公的支持和保护。

蒙古人十分欢迎这些"休休如儿忽达勒达乃洪"——可以赊欠的买卖人。彼此交换货物时，显得格外热情大方。梁大汉特征明确，又讲得一口流利的蒙古话，蒙民便把他当作最好的"相与"，买卖做得十分顺当。

此行半年有余，梁大汉旗开得胜。之后再走几趟，名声愈传愈远。包头村改成包头镇，梁大汉接手复义兴。后来又担任了包头商界大行第一任总领。商事之外，举凡打架斗殴、民事诉讼、支应差徭、迎送官员、摊派粮款诸事，都由他来处置办理。其时马升将军下令修筑包头城垣，大汉被推举为筑城总管。修城五年，筹谋得当，账目清楚，宵衣旰食，事必躬亲，深受包头各界人士的尊重与拥戴。

以后远行，梁大汉就不再出动了。但驼队出发之前，他都要亲自培训教授人员，且编得旅蒙驼歌一首，要手下人等务必熟记于心。

驼歌唱道：

远离家乡代州城，
为做生意草地行。
学蒙语，知蒙礼，
蒙汉兄弟一家人。
草原茫茫少人烟，
沙漠无路多黄风。
餐风饮露卧冰雪，
吃苦为过好光景。
白天住，黑夜行，
山头盘盘要记准。
躲豺狼，避匪情，
有事藏进红柳丛。
撵牛放羊拉骆驼，
大小人等要勤谨。
伙计掌柜是一家，
不分贵贱求生存。
熟记蒙语串人家，
请安问好拉友情。
先递烟壶后说话，
帮着蒙人做营生。
捉罢羊羔拴牛犊，
千万不敢撩女人。
走到哪里哪里住，
不给山西丢名分。
黄油酪丹奶子茶，
喝惯顶如老白汾。
讲信用，拉相与，
对待蒙人要真诚。
复义兴，走蒙地，

一路要留好名声……

那时候，山西定襄铁匠梁如月，挑了他的谋生家具，也跑到口外来了。烘炉一点，或打造刀锄箭头，或整饬马掌鞍辔。蒙古人没见过这阵势，乐得直喊：红脸梁，赛拜奴！

红脸梁后来创建了"如月号"和"如月鼓房"，买卖红火了几百年。

山西祁县的乔贵华，也是那时候跑到口外的。他约了自己的结拜弟兄，挑一些行李杂碎，提一根狼牙木棒，一路上风餐露宿，竟然就活着到了黄河边。给河曲船家递两块长了蓝毛的祁县饼，船家骂一声狗日的侉侉们，转眼间就把他们送到了蒙古地。俩人往前一看，灰蒙蒙一片，连方向都辨别不出来。少不得再给走西口的河曲人说几句好话，河曲家就把他们带上了。

七八天之后，到了萨拉齐的老官营村，乔贵华弟兄死活不走了。河曲人提提烂皮裤，道一声珍重，紧着再往后套走。

弟兄俩在老官营的合成当铺当了小伙计，一干就是十几年。以后有了点积蓄，搬到西脑包一带开了间杂货铺。先卖牲口草料，再卖豆腐豆芽。到后来手里攥了几个钱，俩人就有点烧包，做起首饰买卖来。不想买卖亏了本，乔贵华一跺脚，跑回祁县老家去了。留下他姓秦的结拜弟兄，叫天不应，呼地不灵，才知道西口之外，哪里能容得下晋中人！

老秦有点倔脾气，赖在口外就不走。一直熬到乾隆二十年（1755年），总算遇着个大丰收。那一年口外粮食不值钱。那一年口外的黄豆简直就是白送人。老秦倾其所有，买下一天一地的黄豆，准备慢慢磨来，依旧做他的豆腐生意。不料第二年黄豆奇缺，价格疯了一般往上涨。倔性人瞅准好时机，一家伙把他的宝贝豆子抛出去，换回银子一筐箩！老秦立马回祁县，如此这般一说，羞得乔贵华脸红了，喜得俩人喝醉了。

酒醒过来再到口外，小毛驴跑得"得得"儿飞。黄河岸边谢船家，给的是白花花的银子。到了发迹处，先买房子后置地，噼里啪啦就开起个"广盛公"字号。先卖些小杂货，再经营油、酒、米、面，不久就垄断了包头的粮盘生意。乔、秦二位创下一份家业，不想在外流落了，便叫来他们的子弟，着实吩咐一番，然后雇了如月鼓房的红蓝花轿，优哉游哉回祁县去了。

子弟们接手广盛公，难免有点心急毛躁。做了几桩投机买卖，几乎把老爹们的血本赔进去。好在老人人品端正，相与甚多，大家帮衬着他们过了难关。广盛公重新兴旺，两家子弟认为正是复兴基业的绝好时机，遂改字号为复盛公。

复盛公的买卖越做越大。粮栈之外，开设了当铺、估衣铺、钱庄、票号。在包头周围，还有几百亩菜园子。包头修起城墙后，一座城里几乎全是乔家的字号。

乔家人说："先有复盛公，后有包头城。"

包头人也就默认了。

鹿群再也不到包头来。这里人声吵闹，商号一家连着一家。城外黄河里樯桅如织，船筏成片。包头成为塞外无可取代的水陆通冲商业重镇。而生活在这里的山西人，钱财之多，作用之大，地位之高，令人扼腕咋舌！

复盛公气派很大。比它更有气派的，是归化城里的大盛魁。复盛公在中国的地盘上赚钱，大盛魁把买卖做到外国去。大盛魁的字号，撒遍了蒙古新疆哈萨克车臣俄罗斯。大盛魁经营的商品，上至绸缎，下至葱蒜。大盛魁鼎盛时期，养有十万峰骆驼。而包头城里的骆驼，只有大盛魁护驼狗那么多。

大盛魁的鼻祖，是祁县赵村的两个流浪汉。

当晋中人和代州人忙着码银子的时候，河曲的受苦汉们依然弯腰驼背，在鄂尔多斯高原种地，在八百里河套挖渠。那首民谣也改了，改成：

> 河曲保德州，
>
> 十年九不收，
>
> 男人走口外，
>
> 女人挖苦菜。

还有一首顺口溜，也是说河曲人的，道是：

> 河曲府谷人，

甚也弄不成，

赶个牛牛车，

还得东川人。

　　甚也弄不成的河曲人，像大雁一样，春天走西口，秋天回家乡，依着节令种地，凭着苦力吃饭。农闲时节，吹一支枚笛，拉一把二胡，三五成群卖唱维生。山曲儿之外，还创造出一种叫做二人台的小戏。小戏情节简单，嬉笑酸楚尽在其中。他们游走在蒙古荒原，进出于蒙汉人群。二人台小戏成为一种独特的西口文化，养育出一大批蒙汉民间艺术家，二人台给人们以欢乐，滋润了晋冀陕蒙老百姓的平淡生活。

　　二人台的代表作是《走西口》。笔者1992年采访写过京剧《沙家浜》的汪曾祺老先生时，他说："《走西口》是中国小戏剧目中的极品。"

　　甚也弄不成的河曲人，在口外种了几百年庄稼，遗留下几十万子孙。此外，他们还留下来一条杨家河。

　　清同治年间，河曲人杨谦带着他的两个儿子流落口外，先在准尔旗租种土地，辛苦一年，所收无几，果然是"甚也弄不成"。后来儿子满仓、米仓长大了，死活要往后套走。老杨一家便搬到五原白家地，给地主揽工兼卖豆腐为生。

　　说是那时候就有"河曲府谷人"的说法了。创作者很可能是那些做买卖赚大钱的晋中侉侉们。杨氏兄弟听了大为恼火，一气之下扔了种地家伙，跑到五原地商王同春的"同兴号"当了挖渠民工。先是受苦，直受得皮肉皲裂手上老茧半寸厚。后来便协助掌柜察看地形，观察流向，掌握水性，居然会画图纸了。王同春很赏识这两个河曲人，在开挖沙河渠时，任命杨满仓为该渠经理。此渠所经之地，多为沙丘，工程艰巨，技术难度很大。满米二仓，不敢有稍微疏忽。完工时，王掌柜拈髯赞许，让他们单独包租了卜尔塔拉户口地，自行测量设计并组织地商佃户开挖了三条支渠。

　　羽翅既硬，杨氏兄弟辞别河套首富王同春，雄心勃勃地来到乌拉河灌区。兄弟俩对天盟誓，一定要独树一帜，发家立业，兴旺族门，一改杨氏门庭。

遂昼夜勘测，终于掌握了乌拉河东畔水流地质情况，用几年时间绘制出开挖杨家河渠系草图。

此事经人告发，王同春不由大吃一惊。他一生修渠垦荒，所花白银在一千万两以上。河套挖渠，王同春是香火供着的神仙。杨氏弟兄勤恳好学，他是知道的。开几条支毛小渠试试，也还未尝不可。但若要在乌拉河畔折腾，王掌柜便要过问过问了。

来到杨家住地，王同春大声喝道："自古河曲府谷人，甚也弄不成！莫非你们吃了豹子胆，要来个水淹大后套？"杨满仓赶忙应答："我们是为王掌柜踩渠路哩，哪里就敢胡日鬼。"王同春说："闲话休提，快把图纸交出来！"接过图纸就要撕。撕的时候不由看了一眼。看了一眼就不撕了。

王同春毕竟是干过大事业的人。他知道这份图纸的分量。满、米二仓出言谦逊，他们的九个儿子茂林、文林、云林、春林、泽林、鹤林、占林、贵林、旺林小名依次叫一至九荒盖者，却正如狼似虎地盯着他。王掌柜心头一震，引着杨家父子勘测渠路去了。

杨家河定于次年动工。因沿途地亩皆为天主教堂所占，杨家遂派春林即二荒盖去与杭锦旗王爷及三盛公天主堂协商周旋。最后订立合同，渠成之后所得收益三成归洋人，每浇地百亩再向蒙古王爷和官府交白洋24元。

杨家接受了这样的条件。1917年春，杨家河从后套黄河畔之毛脑亥开口。每挖一段，即随时放水，以所收水费支垫开渠费用。开挖中，杨满仓指点其子茂林即大荒盖采用川字形浚河法，为工程节省了一大笔资金。

不久，杨满仓因操劳过度瘫痪卧床。米仓和茂林带领其余子弟，四处奔走借钱，工程由杨春林掌管。开渠劳力从逃荒难民中挑选，无非是些陕北和晋西北的穷汉。渠工组编为班，每班三十人，每天出四十班，以所挖土方计酬。三年之后，工程耗资数万，杨家力单不支，只好再找天主堂求借。洋人添加两成收益，杨家只好忍痛答应。其时后套鼠灾成患，民不聊生，杨家典当了全部家产，依然债台高筑，无奈之下，只好放慢工程进度。渠工纷纷登门要钱，杨家诈称春林惊吓而死，且假设灵棚，大放哭声。把些善良的老乡哭软了，只好怏怏地散去。

开工七年，杨米仓因长年奔走劳累，病死在工地上。第二年杨满仓熬得油干捻尽,也撒手西去了。大荒盖茂林在极度悲痛中,秉承父辈遗志,率领众弟兄继续挖渠不止。当干渠就要接入乌加河时,茂林亦因忧愁劳累去世,一应重担落在春林肩上。

到第十三个年头,杨家河终于竣工。干渠总长128里,渠宽八丈,水深九尺。沿渠建有大桥五座。渠里可行舟船,桥上可走车马。有支渠十道,子渠295道,总长100余里,可灌溉耕地数千顷。

不久,春林病逝,杨家基业由文林、泽林接手。

渠既挖成,杨家雇佣渠巡50人,昼夜巡查。一年放水七次,称为开河水、桃花水、热水、伏水、秋水、冻水、冬水。为防水患,还在各支渠口修筑了草闸,一时流行于河套地区。杨家河两岸,田畴绿野,村落点点,荒原顿时变为膏腴之区。杨家子弟每人拥地千亩,骡马成群,鸡猪无算。各家皆有店铺,且拥有大船数十只,往来于包头与河曲之间。

杨家事业,垮在傅作义先生手上。傅将军一声令下,杨家河及方圆土地,尽归了他所管辖的绥西水利局。接管人一上马,即将草闸毁弃,为的是多放水多浇地多收银两。不想渠水肆意冲淘,河水漫漶,良田变成一片汪洋。傅将军或许内心有愧,遂将杨家河所在地改为米仓县,也算是他的一点老乡情谊。

以后多少年我在内蒙古杭锦后旗采访时,目睹绿树成荫的杨家河灌区,所有感觉是四个字:极为震惊! 我从来没有见过那样壮观的渠道,那实在是一条大河。河里有舟楫穿行,船家唱着悠扬的二人台和漫瀚调。据说以前鱼儿成群,当地人是用箩头来打捞的。那时候烧一堆鱼喝一壶烧酒,吃不完便喂了庄稼。

哦,我的父老乡亲,走西口走了几百年,留下来那么多民歌和那么多传说,此外还有女人对他们无尽的怨怼:

> 你走口外我在家,
> 你打光棍我守寡!

> 一对对枕头花顶顶,

摆开枕头短一个人。

刮起东风水流西，
走着站着盘算你。

深沟沟担水爬不上坡，
尘世上苦命人就是我！

山在水在石头在，
人家都在你不在！

一把拽住哥哥的手，
为什么你要走西口！

025

什么人留下个走西口

男女的歌——

　　黄龙湾湾河曲县，
　　三亲六眷漫绥远。

　　二姑舅啊三姥爷，
　　八百里河套葬祖先。

　　千年的黄河水不清，
　　跑口外跑了几代人？

　　千年的黄河滚泥沙，
　　走了大人走娃娃。

　　娃娃走成朽老汉，
　　走来走去穷光蛋。

　　走一辈子西口守一辈子寡，
　　死活难到一搭搭。

　　辈辈坟里不埋男，
　　穷骨头撒在河套川。

　　二细绳绳捆铺盖，
　　什么人留下个走口外？

　　喜鹊鹊出窝窝还在，
　　什么人留下个走口外？

　　寡妇上坟泪长流，
　　什么人留下个走西口？

歌从山梁梁上飘来

——学会唱曲儿解心宽

妹妹的歌——
唱曲儿容易叠[1]调调难，
学会唱曲儿解心宽。

牵牛花开在大路旁，
唱曲儿顶如说比方。

三十六眼窗窗糊斗方，
唱曲儿是给你打比方。

为人不会唱山曲儿，
心上好比没魂灵儿。

唱曲儿要的是好口才，
你把那好曲儿唱起来。

哥哥的歌——
你叫唱来我就唱，
唱得妹妹心跟上。

稻黍[2]开花顶顶上，
唱曲儿唱在你心上。

我要是唱来拉开音，

唱个好曲儿给你听。

唱曲儿本是比口才，
一句一句对上来。

冒花花泉水流山沟，
学会唱曲儿为朋友。

妹妹的歌——
你要唱来好好唱，
唱得妹妹心跟上。

你想唱甚就唱甚，
你唱一句我接应。

你要是唱曲儿拉开音，
真声声打动妹妹的心。

小沟沟泉水绕弯弯流，
唱曲儿是给你留想头。

山曲儿好比豌豆酒，
唱的唱的把心揪。

[1] 叠，掌握音调的抑扬顿挫。
[2] 稻黍，高粱。

豌豆烧酒酒味儿重，
你把妹妹的心打动。

哥哥的歌——

山坡山洼三样样草，
你把好曲儿给我教。

哥哥唱曲儿不好听，
你给哥哥拉后音。

你给哥哥拉后音，
三调三弯最好听。

妹妹的歌——

哥哥唱的妹妹曲儿，
三调三弯一样样儿。

唱得不好不要怕，
山曲儿越唱越胆大。

哥哥唱曲儿真好听，
好像吹枚[1]拉胡琴。

哥哥的歌——

有钱的娶妻掏金银，
哥哥没钱我唱几声。

打了半辈子穷光棍，
唱一支山曲儿解心病。

山曲儿越唱越亲近，
山曲儿唱开没分寸。

山曲儿有荤又有素，
一阵阵就把你魂迷住。

妹妹的歌——

听见哥哥唱上来，
热身子扑在冷窗台。

听见哥哥唱上来，
开开柜子换红鞋[2]。

听见哥哥唱一声，
仄楞起耳朵吊起心。

听见亲亲唱一声，

005

[1] 枚，笛子。
[2] 鞋，读hāi音。

炕头上睡觉打失惊。

听见亲亲唱一声，
圪颤颤打断一根二号号针。

听见哥哥唱一声，
十分的病痛去九分。

哥哥的歌——
玉米开花四蓬蓬铃，
河曲人唱曲儿出了名。

山曲儿本是那没梁梁斗，
装在咱心里出在咱口。

山曲儿本是那顺口溜，
多会儿想唱多会儿有。

圪上羊群小路路上走，
一张嘴山曲儿就往外流。

山曲儿好比黄河水，
唱到甚会儿也见不了底。

东山上果子一片红，
放开嗓子我唱几声。

黑老鸦占了凤凰窝，
管不住咱们唱山歌。

大灰毛驴黑耳朵，
谁也别想管住我。

西山上绵羊卧白云，
不会唱曲儿有几人？

石竹竹开花一片红，
唱曲儿的都是红火人。

妹妹的歌——
水萝卜开花一条条根，
要唱山曲儿你拿真心。

张开嘴嘴露白牙，
山曲儿都是真心心话。

真心心唱曲儿比蜜甜，
假心心唱曲儿是鬼卖派[1]。

---

[1] 鬼卖派，装腔作势，假心假意。

真心心唱曲儿真心心交，
假心心唱曲儿是纸糊的桥。

纸糊的桥是闪人的坑，
唱得好听害人心。

再不要唱那二忽悠悠话，
二忽悠悠把人耽闪下。

哥哥的歌——

真心话话真心歌，
亲死妹妹爱死哥。

哥哥爱唱妹爱听，
真魂魂拧成一股绳。

石竹竹开花红彤彤，
山曲儿里头见人心。

妹妹唱曲儿拿心换，
我掏出真心给你看。

妹妹的歌——

刮起春风浪头响，

小妹妹开心由不得唱。

一声声高来一声声低，
拴住你的心来缠住你的腿。

前半句嫩来后半句脆，
听上几天你不瞌睡。

你要有心和一声，
一唱一和两颗颗心。

山曲儿好比琴和弦，
一唱一和有姻缘。

红石榴开花丝穗穗，
咱二人唱曲儿一对对。

哥哥的歌——

大河畔上红柳林，
远远听见你唱曲儿声。

妹妹唱曲儿脆生生音，
顺风风刮来哥哥听。

妹妹唱曲儿好袭人，
唱得哥哥有精神。

听见妹妹唱一声，
心灵锤飞在半空中。

牵魂的绳绳牵魂的歌，
妹妹唱曲儿揪住哥。

春风不刮河不开，
不唱山曲哥不来。

月亮在前星在后，
哥哥就在你两左右。

窗子里唱曲儿窗子外听，
听见声音看不见人。

你唱上一句依心心话，
哥哥给你摘我的心肝花。

山曲儿里头和上糖，
咱二人喝这迷魂汤。

迷魂汤汤迷魂酒，
实心实意交朋友。

妹妹的歌——
种上糜子谷上来，
唱的唱的哭起来。

不唱山曲儿心不苦，
一唱山曲儿就想哭。

心上难活唱一声，
好人听见不出声。

心上难活唱一声，
赖人听见坏名声。

心里头难活唱一声，
没头鬼倒说咱贪花红。

一会儿唱曲儿一会儿笑，
一会儿难活谁知道？

再不要唱曲儿唱妹妹，
心上难活一对对。

哥哥的歌——

> 小妹妹唱的苦难调，
> 哥哥睡不成安然觉。

> 山曲儿本是心上的油，
> 谁不难活不往出流。

> 秋风糜子寒露谷，
> 嘴里唱曲儿心里哭。

> 唱上走了唱上来，
> 揪心揪心怎离开？

009

漫山遍野都是歌

——满天星星一颗颗明

哥哥的歌——

墙头上跑马一搭手手高,
人里头挑人就数妹妹好。

马里头挑马不一般高,
人里头挑人就数妹妹好。

小亲亲好比鲜白菜,
长得英俊哥哥爱。

山畔上长的一颗灵芝草,
谁也比不上妹妹好。

九天仙女我不爱,
单爱妹妹好人才。

山坡坡上长的十样样草,
十样样看见你九样样好。

九天仙女我不爱,
单爱妹妹脸脸白。

水蓝布衫衫衬领领高,
前影影看见你后影影好。

远看你袭人[1]近看你亲,
人好心好爱煞人。

三苗杨树两苗高,
天底下就数妹妹好。

人好心好脸蛋蛋好,
你把哥哥心拴牢。

三苗杨树两苗低,
人里头挑人就数你。

清茶碗碗细镂壶,
你把哥哥心拴住。

妹妹人才生得好,
哥哥做营生弯不倒腰。

千里打闪万里明,
心里就想你一个人。

大麻子开花一点点红,
你就是哥哥的知心人。

---

[1] 袭人,花香袭人。比喻漂亮、好看。

洋麻子开花半盆盆红，
十三省相中你一个人。

满天星星一颗颗明，
满世界相中你一个人。

妹妹的歌——
甜不过冰糖辣不过蒜，
人里头就数你好看。

井里头打水沉又沉，
凤仙花浇根人交心。

猪肉羊肉割半斤，
先共义气后共心。

有义气亲亲常相好，
没义气亲亲不可交。

黑老鸦飞在半空中，
妹妹单爱你一个人。

哥哥的歌——
山丹丹开花六瓣瓣红，

妹妹人好又年轻。

马茹茹开花酒盅盅，
十七八妹妹水葱葱。

这山上开花这山上红，
看见妹妹真惹亲。

黄芥开花金点点，
妹妹长的笑脸脸。

红是红来白是白，
好像果花刚刚开。

白萝卜胳膊水萝卜腿，
果子花脸蛋蛋海红红嘴[1]。

江南胡燕不大大，
巧嘴嘴会说奴话话[2]。

红皮萝卜绿把把，
巧嘴嘴会说奴话话。

白泥墙上吊石榴，

---

[1] 海红红，海红果，河曲当地特有的一种水果，色鲜艳，味酸甜。
[2] 奴话话，女儿家说出来柔和甜美的话。

说下奴话话留想头。

羊肚肚手巾一朵朵云，
你把那白脸脸往回拧。

大豆开花朝上白，
你把那白脸脸扭过来。

井沿上吊水突罗罗转，
扭回你的白脸脸哥哥看。

白布衫衫袖袖长，
羊肚肚手巾遮阴凉。

羊肚肚手巾歪戴转，
又遮阴凉又好看。

芫荽开花碎纷纷，
妹妹看人笑盈盈。

一对对白鸽房檐上落[1]，
红嘴嘴白牙对我笑。

羊肚子手巾慢慢罩，

满嘴嘴白牙给我笑。

三苗杨树好薄的皮，
越看妹妹越可喜。

有心和你说两句话，
又怕妹妹不应答。

妹妹的歌——
扳住窗棂棂擦窗台，
咱瞭哥哥从哪儿来。

三眼眼玻璃两眼眼遮，
留下一眼眼瞭哥哥。

一对对鸭子一对对鹅，
一对对毛眼眼瞭哥哥。

大高旗杆上挂红灯，
毛眼眼瞭你真惹亲。

一串串辣椒房檐上挂，
一对对毛眼眼会说话。

[1] 落，读lào音。

小妹妹梳了个鸡冠冠头，
好像九天仙女落山沟。

妹妹的歌——

踏上梯子上了房，
小妹妹坐在树阴凉。

妹妹坐在阴凉地，
毛眼眼瞭哥哥有主意。

一颗莜麦两头尖，
咱二人吊线[1]谁看见。

你看我来我看你，
咱二人吊线有了意。

猫虎虎上树野雀雀喳，
知心人说的宽心话。

野雀雀落在井沿畔，
依心的话话说不完。

东阴凉倒在西阴凉，
和哥哥说话天不长。

哥哥的歌——

上半截葫芦下半截瓜，
三层层毛眼眼左右花。

黑丁丁头发白牙牙，
毛葫芦眼眼海棠花。

黑格丁丁头发白牙牙，
毛眼眼看人该叫哥哥咋？

长腿腿云彩遮不住天，
风流毛遮不住你毛眼眼。

生的伶俐长的俏，
毛眼眼看人抿嘴嘴笑。

一对对毛眼眼爱看人，
看的哥哥丢了魂。

豌豆烧酒能醉人，
哥哥看你走了魂。

妹妹眼里有根牵魂线，
牵住哥哥心呀活梦见。

[1]吊线，偷看，对视。

你和妹妹长长地坐，
觉不着天长觉不着饿。

哥哥的歌——

红鞋上扒[1]的个绿蛤蟆，
你妈妈生下你人人夸。

红鞋上扒的个羊角葱，
你妈妈生下你人人亲。

红鞋上扒的个绿白菜，
你妈妈生下你人人爱。

红鞋上扒的个银铃铃，
你妈妈生下你袭人人。

红鞋上扒的个花蛾蛾，
扰乱哥哥的心窝窝。

要穿红来一身红，
好比太阳出了宫。

要穿红来一身红，

走路好比水推云。

要穿灰来一身灰，
好比鸪鸪鸠往回飞。

要穿灰来一身灰，
走路好比草上飞。

要穿白来一身白，
好比三春期果花开。

要穿白来一身白，
白鞋白袜白裤带。

要穿黄来一身黄，
好比黄芥花儿刚开上。

小妹妹穿上一身白，
好比白鹅飞将来。

小妹妹穿上一身蓝，
好比河里头水推船。

小妹妹穿上一身青，

---

[1] 扒，用丝线绣。

好比青石盘上一棵松。

一对红鞋两盏灯，
你是哥哥惹人亲。

你是哥哥惹人亲，
给我的红鞋不离身。

小妹妹红鞋不大大，
正好哥哥一把握。

不大大红鞋绣得好，
装在哥哥的腰包包。

你穿红鞋你好看，
你把哥哥心扰乱。

妹妹的歌——
小妹妹炕上来绣花，
绣一个烟褡褡[1]给你拿。

黑市布烟褡褡绣白鹅，
双手搂住放羊哥。

黑市布烟褡褡红里里，
妹妹把心交给你。

黑市布烟褡褡万字边，
我爱哥哥多少年。

黑市布烟褡褡白飘带，
我和哥哥常相爱。

黑市布烟褡褡丝线缝，
牵魂线连住咱二人。

哥哥的歌——
半夜里梦见迎喜神，
二妹妹勾走哥哥的魂。

远远瞭见穿青的，
那就是哥哥知心的。

你吃哥哥的海红子，
哥哥咬你的嘴唇子。

远远瞭见哪是个谁？
那就是哥哥的说嘴嘴。

---

[1] 烟褡褡，烟荷包。

你和妹妹长长地坐，
觉不着天长觉不着饿。

哥哥的歌——

红鞋上扒[1]的个绿蛤蟆，
你妈妈生下你人人夸。

红鞋上扒的个羊角葱，
你妈妈生下你人人亲。

红鞋上扒的个绿白菜，
你妈妈生下你人人爱。

红鞋上扒的个银铃铃，
你妈妈生下你袭人人。

红鞋上扒的个花蛾蛾，
扰乱哥哥的心窝窝。

要穿红来一身红，
好比太阳出了宫。

要穿红来一身红，

走路好比水推云。

要穿灰来一身灰，
好比鸪鸪鸠往回飞。

要穿灰来一身灰，
走路好比草上飞。

要穿白来一身白，
好比三春期果花开。

要穿白来一身白，
白鞋白袜白裤带。

要穿黄来一身黄，
好比黄芥花儿刚开上。

小妹妹穿上一身白，
好比白鹅飞将来。

小妹妹穿上一身蓝，
好比河里头水推船。

小妹妹穿上一身青，

---

[1] 扒，用丝线绣。

好比青石盘上一棵松。

一对红鞋两盏灯，
你是哥哥惹人亲。

你是哥哥惹人亲，
给我的红鞋不离身。

小妹妹红鞋不大大，
正好哥哥一把握。

不大大红鞋绣得好，
装在哥哥的腰包包。

你穿红鞋你好看，
你把哥哥心扰乱。

妹妹的歌——
小妹妹炕上来绣花，
绣一个烟褡褡[1]给你拿。

黑市布烟褡褡绣白鹅，
双手搂住放羊哥。

黑市布烟褡褡红里里，
妹妹把心交给你。

黑市布烟褡褡万字边，
我爱哥哥多少年。

黑市布烟褡褡白飘带，
我和哥哥常相爱。

黑市布烟褡褡丝线缝，
牵魂线连住咱二人。

哥哥的歌——
半夜里梦见迎喜神，
二妹妹勾走哥哥的魂。

远远瞭见穿青的，
那就是哥哥知心的。

你吃哥哥的海红子，
哥哥咬你的嘴唇子。

远远瞭见哪是个谁？
那就是哥哥的说嘴嘴。

[1] 烟褡褡，烟荷包。

远远瞭见哪是个谁？
那是年轻的二妹妹。

远远瞭见哪是个谁？
第三道扣门门打心锤。

对把把圪梁梁上哪是个谁？
那就是要命的二妹妹。

妹在圪梁梁上哥在沟，
亲不上嘴嘴招一招手。

妹妹的歌——

哥哥放羊我放牛，
相跟上走进一道沟。

你在梁头我在沟，
毛眼眼吊线把你瞅。

你在梁头我在沟，
扬一把沙土顺风风走。

咱二人吊线不说一句话，
牵魂线结成一疙瘩。

山沟沟深来梁头头高，
看的看的心锤锤跳。

心锤锤跳来脸蛋蛋红，
咱二人相好动了情。

海红红酸来海红红甜，
羞得妹妹红了脸。

再不要在树上亲妹妹，
不小心掉下一对对。

哥哥的歌——

你拿上镰刀我背上绳，
不为割草为相跟。

要想见面早起身，
哥哥担水扑五明[1]。

拿起担杖放下桶，
小妹妹不来井沿上等。

半晌午出工人正稠，
梁梁上打眼[2]下山沟。

017

[1] 扑五明，扑，赶在。五明，五更天，黎明。
[2] 打眼，惹眼。

你在梁头我在沟，
只管唱曲儿不要吼。

阳婆婆晒来风沙沙打，
天大的世界没咱的家。

天阴雨湿没遮拦，
快些儿寻个落崖湾。

阳弯弯晒来阴弯弯潮，
落崖湾不如羊窑窑。

羊窑窑明来羊窑窑暗，
哥哥你不要胡盘算。

哥哥的歌——

前沟里石头后沟里水，
数九寒天眊妹妹[2]。

鹞子踏雀鹰踏兔，
脚板子生风站不住。

想你想的心有点乱，
因为眊你多跑了二里半。

我放羊儿你掏菜，
地头地畔不愁见。

五六月庄禾不高高，
及早些寻个旮旯旯[1]。

阳弯弯晒来阴弯弯潮，
落崖湾不如羊窑窑。

妹妹的歌——

手提上镰刀腰挽上绳，
寻不见亲亲找脚踪。

二升黄米井水水淘，
为见面起了个大清早。

羊儿出坡羊铃铃响，
小妹妹等在半路上。

绵羊山羊一道洼，
打住羊头说上两句话。

你放羊儿我割草，
梁梁上不如沟底好。

018

[1] 旮旯旯，山沟里避人的地方。
[2] 眊，看望。

三十里沙滩一马平，
瞭不见亲亲后影影。

上一道梁梁下一道坡，
瞭不见你的脖颈窝。

上一道梁梁拐一道弯，
不见妹妹好腿酸。

瞭见村村瞭不见人，
瞭见你家烟囱冒烟尘。

瞭见村村瞭不见人，
不想村村单想人。

走你家大门瞭你家的院，
你家扔下一根牵魂线。

走你家大门瞭你家院，
听见说话见不上个面。

路过你家大门道，
由不得往你家窗户上瞭。

窗子里点灯窗子外明，
只听见奴话话看不见人。

大榆树结上榆钱钱，
隔窗户瞭见你毛眼眼。

房檐上流水刷拉拉响，
瞭见你扑在窗台上。

野雀雀落在荒草洼，
隔着窗子说不上话。

咱二人相见说不上话，
肚里头急起一疙瘩。

房背后坐了多半夜，
满天星星都数遍。

十冬腊月数九天，
房背后等妹妹真可怜。

妹妹的歌——
长流水沟沟截不住坝，
相思病就生在你名下。

019

020

提上篮篮摘棉花，
咱和哥哥说上句知心话

妹妹十七你十八，
咱二人都是小娃娃。

小妹子年轻说不了个话。
哥哥不来咋惹下？

水红花长在河里头，
想你想在心里头。

红糜子装在斗里头，
想你想在心里头。

天天刮风天天凉，
天天见面天天想。

天天刮风不下雨，
天天见你还想你。

天天下雨天天晴，
天天见面火烧心。

天天见面天天想，
三天不见病一场。

你还说妹子不和你，
甚的那好东西都给了你。

拿上镰刀割韭菜，
慢慢品妹妹心好赖。

哥哥的歌——
辣椒椒越吃越惹馋，
朋友越交越稀罕。

辣椒椒越吃越眼红，
朋友越交越惹亲。

酸溜溜[1]越吃越牙酸，
朋友越交越捉短。

酸溜溜越吃越惹寒，
朋友越交越作难。

头一回眊你拉的一条牛，
羊肉馅儿饼抹上油。

[1] 酸溜溜，野生沙棘的果实。

二一回眊你拉的一根棍，
七碟子八碗摆上供。

三一回眊你刚过年，
浑身掏不出一分钱。

三春气刮风柳毛毛飞，
好好的大路沙土土埋。

我眊亲亲骑不起马，
两脚板燎泡两鞋钵钵沙。

不走大路踩荒来，
麻榔榔扎烂大底鞋。

十冬腊月眊你来，
哥哥穿得是张嘴鞋。

十月下了一场坐冬雪，
因为眊你冻了脚[1]。

石子儿湾湾九层冰，
十回眊你九回空。

月亮落了参上来[2]，
哥哥眊你甚会儿来？

妹妹的歌——

狐路兔路羊肠肠路。
哥哥把罪受了个够。

再眊亲亲雇上一个脚[3]，
拿不起盘缠我给你贴。

你眊亲亲小路路上来，
野花花野草你不要采。

说下那日子你不来，
干馍馍烤下两炉台。

早知道哥哥眊我来，
厚厚儿做一双棉暖鞋。

冻了皮肉冻不了心，
亲亲的身身是热火盆。

哥哥的歌——

白天眊你营生忙，

---

[1] 脚，读jié音。

[2] 参，读shěn音。

[3] 脚，读jié音，此处指牲口。

黑夜眊你碰见狼。

头一回眊你碰见狼，
鞋钵子打来黄沙土扬。

二一回眊你碰见狼，
反穿皮袄旮旯里藏。

三一回眊你碰见狼，
狼爪爪搭在我肩膀上。

第四回眊你碰见狼，
险乎喝了哥哥的狼拌汤[1]。

妹妹的歌——
你眊亲亲碰见狼，
背靠崖塄心不慌。

你眊亲亲碰见狼。
扔给它一件件烂衣裳。

再眊亲亲碰见狼，
眉脸迎天地上躺。

再眊亲亲碰见狼，
拢上一堆柴火等天亮。

你眊亲亲狼拦路，
我给你晒疙瘩干羊肉。

哥哥的歌——
一黑夜耍了半夜水，
不为眊你不跑这腿。

四十里明沙沙套沙，
因为眊你累死一匹马。

又跑沙路又耍水，
顶上死命来眊你。

腿巴巴想慢心不慢，
因为眊你好几身汗。

妹妹的歌——
再眊亲亲骑上一匹马，
马身上是你的半个家。

你要眊亲亲骑好马，

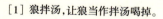
[1] 狼拌汤，让狼当作拌汤喝掉。

二一回眊你拉的一根棍，
七碟子八碗摆上供。

三一回眊你刚过年，
浑身掏不出一分钱。

三春气刮风柳毛毛飞，
好好的大路沙土土埋。

我眊亲亲骑不起马，
两脚板燎泡两鞋钵钵沙。

不走大路踩荒来，
麻檞檞扎烂大底鞋。

十冬腊月眊你来，
哥哥穿得是张嘴鞋。

十月下了一场坐冬雪，
因为眊你冻了脚[1]。

石子儿湾湾九层冰，
十回眊你九回空。

月亮落了参上来[2]，
哥哥眊你甚会儿来？

妹妹的歌——

狐路兔路羊肠肠路。
哥哥把罪受了个够。

再眊亲亲雇上一个脚[3]，
拿不起盘缠我给你贴。

你眊亲亲小路路上来，
野花花野草你不要采。

说下那日子你不来，
干馍馍烤下两炉台。

早知道哥哥眊我来，
厚厚儿做一双棉暖鞋。

冻了皮肉冻不了心，
亲亲的身身是热火盆。

哥哥的歌——

白天眊你营生忙，

021

[1] 脚，读jié音。
[2] 参，读shěn音。
[3] 脚，读jié音，此处指牲口。

黑夜眊你碰见狼。

头一回眊你碰见狼，
鞋钵子打来黄沙土扬。

二一回眊你碰见狼，
反穿皮袄耷晃里藏。

三一回眊你碰见狼，
狼爪爪搭在我肩膀上。

第四回眊你碰见狼，
险乎喝了哥哥的狼拌汤[1]。

妹妹的歌——
你眊亲亲碰见狼，
背靠崖塄心不慌。

你眊亲亲碰见狼。
扔给它一件件烂衣裳。

再眊亲亲碰见狼，
眉脸迎天地上躺。

再眊亲亲碰见狼，
拢上一堆柴火等天亮。

你眊亲亲狼拦路，
我给你晒疙瘩干羊肉。

哥哥的歌——
一黑夜耍了半夜水，
不为眊你不跑这腿。

四十里明沙沙套沙，
因为眊你累死一匹马。

又跑沙路又耍水，
顶上死命来眊你。

腿巴巴想慢心不慢，
因为眊你好几身汗。

妹妹的歌——
再眊亲亲骑上一匹马，
马身上是你的半个家。

你要眊亲亲骑好马，

[1] 狼拌汤，让狼当作拌汤喝掉。

跑得风快拉不了胯。

再眊亲亲十八九，
人定月发慢慢儿走。

远路亲亲来眊咱，
前锅锅炖肉后锅锅茶。

哥哥的歌——
烧炭少不了一把柴，
眊妹妹全凭黑将来。

半夜眊你没拿的，
烧了一颗山药辣麻的。

第二回眊你甚也没拿甚，
袄襟襟包了两个酸蔓菁[1]。

第三回眊你两手手空，
浑身身带了一颗想亲亲的心。

妹妹的歌——
辣麻山药半边边生，
管它生熟是你的点儿心。

只要哥哥情意真，
拿不拿东西我领情。

哥哥的歌——
头一回眊你你不在，
你爹打了我两烟袋。

第二回眊你你不在，
你妈打了我两锅盖。

第三回眊你你不在，
你哥提上切刀追出来。

第四回眊你你不在，
你去南梁挑苦菜。

白脸脸不要叫阳婆晒，
嫩手手再不要挖苦菜。

糜茬谷茬高粱茬，
甚会儿眊你你给哥哥说。

哥哥为你跑断腿，
狼吃狗啃不后悔。

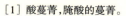

[1] 酸蔓菁,腌酸的蔓菁。

上一道梁梁下一道洼，
至死不说拉倒的话。

妹妹的歌——
穿上红鞋房上站，
瞭不见哥哥瞭山畔。

三九天黄风四九天雪，
因为瞭哥哥冻了脚。

十冬腊月数九天，
因为瞭哥哥冻了脸。

大红果子墙上吊，
房檐上瞭哥哥好心焦。

阳婆一落早烧火，
嘴说是搂柴瞭哥哥。

炉子不快戽[1]烟囱，
上房为了瞭哥哥。

炉炉头没火掭上柴，
不知道哥哥甚会儿来。

哥哥站在房后叫，
妹妹听见往出跑。

大豆开花白点点，
想也不想你眊我来。

竹芨顶门风刮开，
哪股风把你刮将来？

早知道哥哥眊我来，
前锅里烩上猪肉菜。

炉炉头生火炕上热，
哥哥来了心上乐。

二两棉花做灯捻，
我和哥哥坐半夜。

坐了一阵又一阵，
奴话话拴住走不动。

灯盏里没油灯壶里寻，
知心话话没说尽。

024

[1] 戽，遮挡。

野雀雀飞在窗棂棂上，
知心话说在心眼眼上。

风尘尘不动树梢梢摆，
牵魂线挂住走不开。

哥哥的歌——

七月糜子胡吐穗，
守住妹子不瞌睡。

井里头打水井沿上踏，
你是哥哥的绕眼花。

天上云彩勾勾云，
扔不下妹妹笑盈盈。

绿格盈盈韭菜炒鸡蛋，
笑盈盈妹妹离不转。

井里头打水壶里头提，
哥哥把真心掏给你。

小妹妹好比一盆葱，
哥哥含上凉水喷。

小妹妹好比花一盆，
咱二人永远不离分。

妹妹的歌——

一对对毛驴一对对骡，
咱二人好比一对对鹅。

妹妹好比一池水，
哥哥好比一条鱼。

鱼傍水来水傍鱼，
咱二人谁也不分离。

一匹匹白布一幅幅缎，
咱二人好得拉不断。

打鱼划划渡口船，
妹妹坐上哥哥扳。

收起腰棹拉起帆，
贴心的话儿说不完。

黄河畔畔扑沿沿水，
扳船的哥哥你爱谁？

025

夜深人静不要怕，
哥哥陪你说话话。

你跳进河里哥哥捞，
鸳鸯戏水顺河河漂。

你扳渡口我坐船，
想交个朋友那不难。

刮起东风浪头大，
跌碛过礁有点儿怕。

落下帆子拴住船，
咱二人住在娘娘滩。

大闺女遇上扳船汉，
夜深人静该咋办？

哥哥的歌——
河塄塄低来船沿沿高，
河畔的妹妹水色色好。

小亲亲住在南河畔，
截河渡里难捞探[1]。

截河渡里难捞探，
为你打一支渡口船。

我跑河路你坐船，
我把你搬在喇嘛湾[2]。

026

———————

[1] 截河渡里，隔着河，不方便。
[2] 喇嘛湾，黄河对岸内蒙古鄂尔多斯地名。

山曲儿把野火引着了

—— 要为朋友慢慢来

男人的歌——
　　唱起曲儿抖起音，
　　要为朋友趁年轻。

　　骑马要骑大红马，
　　要为朋友十七八。

　　骑马要骑花点点，
　　为朋友要为毛眼眼。

　　灯笼红香瓜瓢瓢甜，
　　为朋友要为好心眼。

　　要骑驴来骑白驴，
　　要为朋友大闺女。

　　青皮蔓菁脆格盈盈甜，
　　要为朋友正当年。

女人的歌——
　　豌豆豆开花放笼头，
　　十七岁开心为朋友。

　　霜打黑豆叶叶稀，

　　为朋友要为二十儿。

　　白布衫衫黑扣扣，
　　为朋友要为俊秀秀。

　　满天星星明点点，
　　为朋友要为可心眼。

　　骑马不骑黄海骝，
　　为朋友不为洋烟猴[1]。

　　黄海骝儿马跑不快，
　　世上就数洋烟猴坏。

　　为朋友不为小娃娃，
　　有人没人胡抓挖。

男人的歌——
　　白鞋红花雪扫灯，
　　要为朋友趁年轻。

　　山桃树开花三月天红，
　　年轻人心红不由人。

---

[1] 洋烟猴，抽大烟的赖人。

山桃树开花红满坡，
这世上为朋友不光我。

黄河畔上喜鹊鹊飞，
为朋友为的配对对。

做人不把朋友交，
枉到世上走一遭。

做人不把朋友为，
少亲无故不如鬼。

石子湾湾盛不住水，
枉枉活了二十几。

大河畔上种红豆，
要为就为个连心肉。

女人的歌——
三苗高粱一样样高，
一样样的亲亲由咱挑。

高粱面饺子包苦菜，
年轻的妹妹有人爱。

晴朗朗蓝天没云彩，
小妹妹不愁没人爱。

一苗白菜房上晒，
年轻朋友常相爱。

男人的歌——
这山上望见那山上高，
那山上结的一树好樱桃。

樱桃好吃树难栽，
朋友好为口难开。

女人的歌——
要吃樱桃把树栽，
要为朋友慢慢来。

野雀子穿青又穿白，
你有心思慢慢来。

山丹丹花儿背洼洼开，
你有心思慢慢来。

石子院院钉子鞋，

029

你有心思慢慢来。

亲亲亲亲你不要忙，
山背后日子比天长。

男人的歌——
阳婆落了火烧山，
放羊哥哥往回转。

又喂羊来又做饭，
可怜我这放羊汉。

阳婆落才吃晌午饭，
可怜我这放羊汉。

一顿做下两天的饭，
可怜我这放羊汉。

十冬腊月数九天，
放羊的哥哥真可怜。

女人的歌——
野雀雀飞在卧羊坡，
小妹妹爱上放羊哥。

羊羔羔落地慢慢吼，
我和哥哥一道走。

妹挑苦菜哥放羊，
山曲曲连住咱们俩。

妹妹十七哥十八，
牵魂线拴在咱一搭搭。

羊群群漫下一条洼，
拦住头羊咱说两句话。

羊群群丢下一道道踪，
妹妹和你一条心。

为朋友为上放羊汉，
山果子山杏吃不完。

男人的歌——
石榴开花满院院红，
小妹妹长得真袭人。

二饼子牛车拉沙蒿，
看见妹妹实在好。

看见妹妹实在好，
不交两天活不了。

前房檐上吊苤蓝，
小妹妹长了个笑脸脸。

二套牛车拉碾碾，
哥哥就爱笑脸脸。

绿格盈盈沙葱炒鸡蛋，
笑格盈盈小脸离不转。

白泥墙上贴对子，
有红似白小妹子。

风尘尘不动门环环响，
好像妹妹在门上。

耕地回来放下犁，
吃饭不吃饭眊眊你。

一出大门抬头看，
小妹妹在那村前站。

二套牛车铜铃铃响，
小妹妹坐在大路上。

清粼粼凉水冻成冰，
白脸脸好似搽官粉。

你把那白脸脸调过来，
羊肚子手巾哥哥给你买。

大白馍馍红点点，
细柳柳身材毛眼眼。

妹妹生的好人材，
大雨地里穿红鞋。

一对红鞋三寸半，
小妹妹走路真好看。

大路两旁栽柳树，
咱看妹妹走几步。

红鞋绿鞋花儿鞋，
爱死哥哥不能揣。

墙头上栽花浇不上水，
玻璃上吊线亲不上嘴。

半崖上掏雀捋了一根翎，
玻璃上亲嘴急死个人。

豌豆上场黑豆冻，
干有心思漏不下空。

黄河畔畔回水湾，
谁看见妹妹谁喜欢。

一苗杨树活剥皮，
越看妹妹越可喜。

千里马绊上三脚绊，
走不能走来站不能站。

大榆树上结疙瘩，
哥哥爱你没法法。

你变成兔兔我变成鹰，
一爪爪抓在你半空中。

有心和妹妹交两天，
可惜哥哥没有钱。

女人的歌——
不为你银子不为你钱，
单为你高大身手毛眼眼。

不爱你银子不爱你钱，
单爱哥哥正当年。

为朋友为一个依心人，
有钱没钱都高兴。

山丹丹红来豆荚荚白，
摘上两颗酸枣你看我来。

灯里头没油添上一滴酱，
哥哥没钱我倒贴上。

野雀雀交亲树交梢，
单交银钱有多少？

野雀雀落在墙头上，
为朋友不在银钱上。

男人的歌——

大榆树上结石榴，
妹妹的话话有想头。

骑马难对圪塄塄[1]，
为朋友难对喜人人。

二茬茬韭菜扎把把，
巧嘴嘴会说奴话话。

明灯灯来蜡水水，
你是哥哥的说嘴嘴。

指甲草开花四瓣瓣，
你是哥哥的金不换。

青菜芫荽半罐罐，
你是哥哥的命蛋蛋。

红枣糕蘸上甜水水，
你是哥哥的要命鬼。

百灵灵雀儿绕天飞，

你是哥哥的勾魂鬼。

羊羔羔吃奶双膝膝跪，
苦命鬼搭了个好伙计。

女人的歌——

山弯弯上种豇豆，
你和妹妹交往后。

你给妹妹挑上一担水，
看你心中还有谁。

哥哥进门先坐下，
妹妹给你倒碗茶。

我家门上你尽管跑，
妹妹不是那难结交。

男人的歌——

墙头上跑马调不转头，
小妹妹再好我开不了口。

一把拉住妹妹的手，
浑身发抖顾不了羞。

---

[1] 圪塄塄，土塄、土台。

大雁回来呱呱叫，
哥哥的苦处你不知道。

扛起锄头往地里走，
东地头锄在西地头。

拄住锄头胡思量，
这辈辈活的真冤枉。

锄完谷子回家来，
冷门冷院冷锅台。

揭起锅盖重茬锅[1]，
可怜哥哥没老婆。

重茬筷子重茬碗，
可怜哥哥光棍汉。

大白骡子拉水车，
可怜哥哥没老婆。

十月沙蓬滚成团，
光棍汉回家咋存站？

十月沙蓬满滩跑，
光棍汉回家睡不着。

十月沙蓬刮在沟，
光棍汉回家谁收留？

打鱼划划渡口船，
光棍汉活的难上难。

灯盏头没油添上水，
光棍汉活得不如鬼。

黄牛黑牛耕坡地，
娶不起老婆搭伙计。

白布衫衫对门门，
娶不起老婆串门门。

先卖羊皮后卖毡，
再没老婆我走后山[2]。

女人的歌——
白骡子拉上铁水车，

031

---

[1] 重茬锅，做完饭没有洗过的锅。
[2] 后山，内蒙古大青山一带。

不知道哥哥没老婆。

黄牛耕地黑牛种，
不娶老婆因为甚？

大叶子薄荷香片茶，
各人的主意各人拿。

四方炉台砖墁地，
谁也管不住搭伙计。

为朋友就为没老婆的人，
有老婆的哥哥两条条心。

二岁岁马驹驹跟娘走，
要为朋友你快开口。

瓦口上滴水溅水花，
有什么心事你快点说。

一把拉住哥哥的手，
心里想的难开口。

有朝一日张开口，

你不嫌败兴我不嫌羞。

城墙上盖房还嫌低，
妹妹有心为下你。

一对对白鹅对头头飞，
从今往后我想你。

男人的歌——
荞麦皮皮驾墙飞，
小妹子爱穿花达呢。

哥哥没钱买不起
跟着哥哥离河曲。

白马青鬃真洋气，
哥哥没钱不能骑。

高骡子大马咱不骑，
你和哥哥骑上驴。

一出大门豁口口，
你有胆子跟我走。

哥哥走前我走后，
至死走上一条路。

水蓝布裤裤宽裤腿，
走到天边我跟上你。

女人的歌——

你没老婆我没汉，
咱二人配对多喜欢。

野雀雀叫唤花套花，
咱和哥哥骑上马。

哥哥的歌——

人死不过咽一口气，
你给我打上个硬主意。

只要不嫌哥哥穷，
你敢跟来我敢引。

枣骝儿马披披鬃，
你敢带来我敢跟。

黑黍子窝窝红腌菜，
我把你捎在车辕外。

雪花落地化成水，
死心塌地跟上你。

头一道圪梁梁二一道洼，
三一道圪梁梁双骑上马。

村村不大圈不住心，
针眼里逃命跟亲亲。

头一道圪梁梁二一道洼，
三一道圪梁梁拉上话。

拿起扁担钩起桶，
铁心离开这村村。

白马青鬃黑鞍毡，
搬上妹妹进后山。

你说骑驴就骑驴，
半夜偷跑咱刮野鬼。

长头发梳成短马鬃，
不怕说我贪花红。

036

妹妹的歌——

走东走西发不了财，
不想走你就折回来。

引灶灶炉子回洞洞炕，
折回来把亲亲拉引上。

坐车不如骑马快，
你把我引在西口外。

挂上妹妹走西口，
鸡叫狗咬哪儿也有。

马不带笼头人不住店，
叫那些黑鬼们问不见。

山羊绵羊盘草坡，
讨吃要饭跟哥哥。

这也是爱情吗

——要为朋友不怕难

男人的歌——

人家相好手拉手，
咱二人相好隔下一条沟。

三十里明沙二十里水，
五十里路头来眊你。

三十里明沙二十里水，
五十里眊你打来回。

咱二人相好难上难，
见一面要翻两座山。

河里头漂来一只船，
几十里见面真是难。

女人的歌——

你难我难咱二人难，
好比回水湾湾打烂船。

香油辣椒拌砂糖，
酸甜苦辣咱二人尝。

大榆树来小榆树，

妹妹也有难言处。

有心留你吃一顿饭，
上有老人下有汉。

有心留亲亲明后天走，
家大人多张不开口。

野雀子飞在玉茭子林，
展不开翅膀抖不开翎。

你难我难咱二人难，
谁不知道妹妹有人管。

房檐上流水嗡咚咚响，
天大的难活一肚肚装。

胡麻开花映天蓝，
要为朋友就不怕难。

男人的歌——

咱二人相好难上难，
你男人知道该咋办？

039

玉茭子高来黑豆低，
为朋友不光我和你。

大高墙头喂恶狗，
至死管不住为朋友。

只要哥哥是依心的人，
往后死了也不悔心。

井里头吊水斗绳绳断，
虽有那心思没那胆。

咱二人真是一条条心，
成不了夫妻活坑人。

男人的歌——
偷眼眼看人抿嘴嘴笑，
你的心事我知道。

女人的歌——
叫一声哥哥你放心，
有什么事情我瞒哄。

你男人在外刮野鬼，
他把妹妹交代给谁？

打鱼划划回水湾，
红火乐意管眼然[1]。

小炉子不快谁给你煽？
水瓮里没水谁给你担？

人家为朋友三两年，
咱为朋友三两天。

有心给妹妹担上一担水，
大门上人多躲不转[2]。

清水园子浇白菜，
红火不在多少天。

月亮上来照西墙，
不知道妹妹住那厢？

捞起捞饭颠两颠，
红火几天算几天。

土打城墙三丈六，
清官断不了串门门路。

[1] 眼然，眼前。
[2] 躲不转，躲不开。

我帮你刨闹一家人的嘴，
咱二人也不用当孤鬼。

你给我缝上一双袜套子穿，
我给你扯上一身海昌蓝。

都说妹妹是巧手手，
你给哥哥缝上个烟褡褡。

你给我做上一双牛鼻鼻鞋，
哥哥穿上兜跟兜跟眊你来。

女人的歌——
头枕胳膊炕塄上睡，
一句话说的我直流泪。

羊肚子手巾包冰糖，
有钱难买你好心肠。

秋风刮来天气长，
站在门外凉不凉？

三十六眼窗窗朝南开，
叫一声哥哥你回坐来。

迎街的窗子朝南开，
我男人不在你回来。

一进大门往西瞭，
放下水桶妹妹给你笑。

白马马拴在树跟底，
好心的妹妹安顿你。

041

二套牛车拉稻黍，
你帮妹妹立门户。

七月高粱刚翻米，
妹子正好配上你。

井里头打水浇白菜，
白手手拉住你红裤带。

蛤蟆口炉子烧干柴，
你有甚针线拿将来。

手拿上针线纳底底，
针针线线思谋你。

野雀子离不了满身翎，
白布衫衫我给你缝。

针线营生包在身，
省下你雇人掏手工。

雇上人家缝衣裳，
不是短来就是长。

掏上银钱雇上人，
送上东西领人家的情。

有甚针线你给我，
一辈子不用娶老婆。

省下银钱你给我，
哥哥不要娶老婆。

为下妹妹常常爱，
娶下老婆一辈子害。

有心给你做上一双鞋，
害怕你穿上再不来。

男人的歌——
看见小亲亲就是好，
迷了心窍和你交。

妹妹长得真好看，
你把哥哥的心搅乱。

洋烟地里种白菜，
妹妹把哥心扰坏。

疥蛤蟆上了花椒树，
你把哥哥麻缠住。

麻阴阴天气勾勾云，
哥哥就喜欢你一个人。

不想喝水不吃饭，
你是哥哥的解心宽。

一碗凉水泡红茶，
只有妹妹心疼咱。

毛眼眼坐在灯花前，
哥哥做梦也想来。

割一把黑豆弯一弯腰，
死了才不和亲亲交。

二饼子牛车牙厢[1]大，
到死不说拉倒的话。

女人的歌——
妹妹长来妹妹短，
妹妹就是你的解心宽。

红瓢瓢西瓜里头沙，
人好人赖对缘法[2]。

胡麻黄芥榨成油，
娶老婆不如为朋友。

再好的媳妇你不要爱，
妹妹顶如鲜白菜。

当天打闪四山山明，
为朋友好比接喜神。

宁穿绸绸不穿缎，
宁为朋友不寻汉。

宁吃白菜不吃葱，
宁为朋友不嫁人。

为下朋友常守待，
嫁给男人跑口外。

猫虎虎上树野雀子喳，
咱二人相好天生下。

胡燕飞在沙燕窝，
你到哪里带上我。

银子洋钱你拿上，
你要变心我不让。

新盘炉台新做的锅，
打定主意和你过。

男人的歌——
野雀雀飞在韭菜地，
为个朋友不容易。

新开畦畦种白菜，
你是哥哥心中爱。

---

[1] 牙厢,车厢。
[2] 缘法,缘分。

套起牛车甩起鞭，
就想眊眊白脸脸。

芦草秸草纹纹草，
想亲亲想得睡不着觉。

三天不见妹妹的面，
吃了一碗红糖不觉甜。

三天没见妹妹的面，
睡到半夜活梦见。

二茬韭菜叶子宽，
见不上妹妹心不安。

半夜想起眊妹妹，
狼吃狗啃不后悔。

半路眊你遇上狼，
鞋钵钵打来黄土扬。

哥哥眊你遇上狼，
你坐在炕头慌不慌？

妹妹说的那奴话话，
哥哥亲你那嘴巴巴。

我给妹妹挑上一担水，
你让哥哥吃个嘴。

你和哥哥吃了一个嘴，
顶如枯渴喝了一口水。

白糖黑糖沙沙糖，
总不如妹妹含水香[1]。

大果子不如海棠子脆，
小妹妹含水梨儿味。

白泥墙上吊槟果，
小妹妹的含水泻心火。

山羊下的个绵羊羔，
我给妹妹买个红罩腰。

妹妹不想吃干粥，
我给妹妹熬稀粥。

[1] 含水，口水。

芝麻开花打腿带，
你男人不在我和你在。

迎街窗子对打对，
你汉子不在我和你睡。

风卷大浪打烂船，
咱也当一回老婆汉。

女人的歌——

手搬窗棂棂坐窗台，
咱瞭哥哥多会儿来。

天上的白云赛如水，
你知道妹妹咋想你？

想叫你来家不想叫你走，
听见你脚步肉眼眼抖。

瓢葫芦舀水落不了底，
我把真心掏给你。

村前的榆树村后的柳，
你要眊妹妹顺沟沟走。

翻过圪梁梁顺沟沟来，
脚步儿碎碎手提上鞋。

要来你就半后晌来，
大人娃娃都不在。

要来你就早点来，
来迟妹妹门难开。

怀抱西瓜手提刀，
泼上生死和你交。

手拿豆腐打片片，
痛痛快快活两天。

男人的歌——

天天下雨天天晴，
小妹妹对咱有恩情。

绿豆芽芽脆铮铮，
做梦都想小亲亲。

新盘的炉台新盘的炕，
亲亲的妹妹见不上。

045

炉子里生火锅走气，
一心心就想眊伙计。

水浇麦麦绿莹莹，
误上营生看亲亲。

夜夜刮风夜夜晴，
夜夜眊妹妹好营生。

碎石头垒墙比山高，
半个月跑了十五遭。

还说哥哥没辛苦，
半后晌等在二更鼓。

叫一声妹妹快开门，
西北风飕飕冻死人。

叫一声妹妹快开门，
西北风刮得脸蛋蛋疼。

妹妹坐在眼跟前，
我把精神抖起来。

进门拉住妹妹的手，
浑身发麻肉眼眼抖。

半夜叫门你给哥哥开，
铺上皮袄枕上哥哥的鞋。

红鞋不大里套绒，
哥哥上炕你关门。

半扇扇玻璃纸糊上，
咱和妹妹上土炕。

茅庵房房土炕炕，
烂大皮袄伙盖上。

三五毡子你铺上，
红鞋搁在我身上。

白毛毡毡窄溜溜，
冷身身挨住绵肉肉。

千年的大树万年的根，
你比爹娘还要亲。

大红公鸡尾巴长，
光想妹妹不想娘。

白布衫衫袖袖长，
咱给妹妹喂冰糖。

二两冰糖化水水，
尘世上难对我和你。

女人的歌——

三官庙唱戏我不去，
单在家里等着你。

走在家门你不要叫，
摇一摇门挂挂我知道。

你来眊我你不要叫，
手拿柳条窗棂棂上敲。

慢慢儿开门慢慢儿拉，
悄悄儿说两句知心话。

担一担水呀弯一弯腰，
喝一口凉水哥哥给我舀。

尺八炉台二尺炕，
白胳膊膊放在你身上。

二五毡毡伙铺上，
绵手手搭在你身上。

坐呀站呀关门门，
躺呀睡呀煽灯灯。

要吃冰糖嘴对嘴，
热嘴嘴含糖化水水。

冰糖放在柜顶顶上，
崭新的铺盖伙盖上。

还说妹妹不和你，
今儿把身身给了你。

头茬韭菜鲜又鲜，
今儿咱就过大年。

男人的歌——

野雀雀垒窝口含柴，
咱二人相好多少年。

047

十八颗星星十六颗明，
不明的就是咱二人。

半崖上酸枣一树红，
咱二人相好不合群。

咱二人相好成不了婚，
天阴下雨等不到晴。

隔窗子瞭不见毛眼眼，
老天爷不给咱配姻缘。

女人的歌——

香水油梨核桃仁，
心事对了一样样亲。

捞起捞饭烩上菜，
姻缘不在人好赖。

难配姻缘咱自成婚，
黑夜我给你留下门。

野雀子穿青又穿白，
罗门上有人跳墙来。

要来你就早些来，
怕人家听见你提上鞋。

满天星星没月亮，
小心踏在狗身上。

你要想来尽管来，
脚踪一响门就开。

双手手推开单扇门，
炕头上那就是你的人。

慢慢开门慢慢闭，
慢慢上炕定平气。

崭新的红鞋两盏灯，
放在哥哥两手心。

男人的歌——

翻过圪梁跳过沟，
提上人头交朋友。

还说为朋友不怕难，
攥住心肝捏住胆。

进了家门上了炕，
脑袋挂在门头上。

下了土炕穿上鞋，
再把脑袋按起来。

一出大门走三步，
才把个脑袋保险住。

黄狗子咬来黑狗子断[1]，
你家这门子不能串。

女人的歌——
狗狗狗狗你不要咬，
串门子哥哥又来了。

狗狗狗狗你不要咬，
哥哥来咱家头一遭。

稻黍开花顶顶上，
咱和哥哥刚交上。

天上的星星拉拉溜，
新交的朋友没交够。

黑狗子咬你喂点饭，
黄狗子咬你妹妹给你看。

黑狗子黄狗子你瞎眼睛，
你不要咬我心上人。

叫一声哥哥你不要怕，
咱两颗人头都落下。

亲亲亲亲你不要抖，
咱二人顶上两颗头。

咱二人相好坐一晚，
哪怕出门把头砍。

咱二人相好一对对，
铡草刀剜头不后悔。

烂大皮袄四开叉，
枪打脑袋咱不怕。

三五席子二五毡，
顶上小命谁敢管？

---

[1] 断,追、断路。

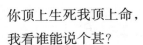

黑疙瘩云彩拉磨磨雷，
来了我就不想回。

眊亲亲好比胡燕飞，
往回走好比鬼拉腿。

女人的歌——
鸡儿叫来东方明，
咱把亲亲快吼醒。

亲亲亲亲快醒醒，
快把衣裳穿上身。

鸡叫五更大天明，
哥哥哥哥快离动。

穿不上鞋钵子手提上，
开不了大门快上房！

你顶上生死我顶上命，
我看谁能说个甚？

白豆芽芽二两重，
不怕人笑话不怕人问。

谁要敢问我寻死，
咱二人要死一对对。

只要哥哥你有胆，
哪怕人头挂高杆。

咱二人抱得紧紧地，
哪怕人头落就地。

相跟上走了相跟上来，
相跟上登到望乡台。

男人的歌——
蛤蟆过河蛇过道，
没和妹妹睡个通明觉。

半夜来了鸡叫走，
扔不下妹妹绵肉肉。

都是因为走西口

——为朋友为下心不安

红雀落在荒草洼，
咱二人见面说不成话。

我在房上你在院，
咱二人不要叫人瞭见。

男人的歌——

大河里流凌撑不起船，
为朋友为下心不安。

人人都说咱二人有，
迎头碰见绕开些走。

一夜刮风河底干，
为朋友为下心不安。

白马马拉磨脚踏箩，
再不要守住人家撩逗我。

前房檐流水后房檐上干，
为朋友为下心不安。

再不要你瞅我来我瞅你，
叫人家还说是我和你。

一颗星星朝南落，
一件事做下个心难活。

白马马拴在树脚底，
千万别说是我和你，

难活添了个不好活，
心虚理短不能说。

石子湾湾不聚水，
不要传扬我和你。

看看人家看看咱，
低头盘算好难话。

女人的歌——

一出大门山药地，
眼泪泼洒搭伙计。

紫蓝蓝晴天生黑云，
暗暗的朋友扬下一股名。

都说哥哥不正经，
低头出来低头进。

都说妹妹有外道，
阿弥陀佛天知道。

石子湾湾流清水，
至死也不说我和你。

茄子开花品青莲[1]，
多见面来少开言。

你看见妹妹不要笑，
打一声口哨我知道。

再不要唱曲打哨哨，
摇一摇门挂我知道。

迎面碰见你不要笑，
三年二年他谁知道。

马儿不走鞭子打，
你要不来捎句话。

捎话要给好人捎，
捎给赖人冤枉咱。

捎话捎给知心的人，
捎给坏人扬灰名。

山药萝卜土窑窑里放，
那就是咱的总地方。

土窑窑不高低倒头，
黑洞洞世界咱为朋友。

霜打黑豆叶叶落，
咱俩的暗事谁知道？

为朋友插不得招兵旗，
暗暗相好是长流水。

男人的歌——

一对对白马开生地，
谁名下也不照你中意。

平地上流水撑不了船，
谁名下也不照你名下欢。

满天星星云遮住，
小妹妹把哥哥迷捣住。

---

[1] 品青莲，紫色。

半崖上开了一朵野菊花,
没和亲亲交够冤屈死咱。

长长豆面软软的糕,
有心和亲亲往后交。

有心和亲亲往后交,
上有那老来下有小。

黄牛耕地翻土土,
娶了老婆受了苦。

烂石头夹草打起坝,
心爱的亲亲咋扔下?

往年的陈醋放成水,
你就是哥哥的要命鬼。

想亲亲容易忘亲亲难,
想亲亲得了一场水伤寒。

女人的歌——
野雀雀夺了凤凰窝,
你老婆咋好不如我。

炉子不快掏狗窝,
谁家的媳妇能如我?

野雀雀夺不了凤凰窝,
说给你老婆别骂我。

竹笈开花九连灯,
娶老婆你真是鬼抽筋。

三块石头掘了一个井,
劝了你耳朵劝不了心。

野雀雀飞在黄河畔,
咱二人相好离不转[1]。

炉子里头生死火,
你回你家想死我。

胡麻开花映地蓝,
尘世上少有女串男。

大青山鸽子往回飞,
古人没留下倒瞅你。

054

---

[1] 离不转,离不开。

你有老婆你走呀，
半前晌等在你阳婆落。

等你等在后半夜，
手巾巾擦泪谁看见？

一扇扇玻璃半扇扇纱，
多谈朋友少谈家。

多种些糜子少种些瓜，
多想妹妹少想家。

野鹊子含根千里柴，
再把旧路修起来。

黑老鸦飞过滴了一滴血，
你说拉倒我心不歇。

石子砖墙没角落，
至死不说拉倒的话。

好马不用鞭子打，
至死不说拉倒的话。

桃杏花开在三春期，
你把我害得没主意。

稻黍开花顶顶上，
你心思不在我身上。

男人的歌——
黄雀飞在榆树上，
亲亲站在门道上。

铜瓢挂在桶里头，
朋友说在嘴里头。

风流毛毛苫眼畔，
爬墙上房瞭野汉。

一条黄线黄又黄，
妹妹有些太张狂。

女人的歌——
茄子开花紫洋缎，
不该嫁给走西口的汉。

花骨噜噜碌碡满场转，

055

寻不上好男人没想头。

树头不大阴凉大，
好男人轮不到我名下。

不该嫁给走西口的汉。

红油油腰墙万字边，
没寻上个好男人泪遮眼。

阴坡上砍柴阳坡上晒，
寻个男人总不在。

红油油腰墙万不断，
没寻上个好男人运背转。

为人寻不上好男人，
不如早死早转生。

男人一走没踪影，
凭亲亲活两天行不行？

为人寻不上好汉子，
年轻轻成了烂罐子。

寻的个男人走口外，
搭伙计又遇上你这二心人。

绵羊山羊花花羊，
苦命鬼跟人不一样。

大竹茇开花瓣瓣碎，
转眼就忘了小妹妹。

人家骑马咱骑羊，
苦命人和人不一样。

大竹茇开花老来红，
你多住上两天能不能？

碟碟舀水好担心，
苦命鬼为不下个好男人。

葫芦开花拉长蔓，

羊羔羔吃奶双蹄蹄跪，
苦命人成不了好夫妻。

罩上手巾巾没梳头，

撕撕扯扯离不转。

白鸡鸡下的白鸡蛋，
要命的妹妹咋离转？

马上的朋友水上的船，
舌头上说话打转转。

山水推倒河神庙，
没有心思拿嘴绕。

说下日子定下计，
长时间不来甚主意？

二套牛车拉沙蒿，
长时间不来咋鬼捣？

双手铺开二五毡，
你要不来我咋办？

要想散伙早说话，
别把妹妹耽闪下。

半崖上酸枣半崖上红，

半路上扔妹妹真狠心。

脚踏炉台喝了一碗醋，
半路上扔亲亲真可恶。

房背后种了一溜麻，
扰乱我的心思你走呀。

你看妹妹瘦成个甚，
针关里逃命活不成人。

破门扇，烂门转[1]，
妹妹活得没人管。

桃花开来杏花落，
甚的东西我没给到？

黄瓜丝丝调凉粉，
远路的亲亲你凭良心。

嫩豆芽芽脆铮铮，
咋忍心忘了旧亲亲？

水涨船高河垄低，

[1] 门转，门轴。

丢下亲亲你愿意？

渠水熬菜澄一层泥，
半路闪人剥一层皮。

长把把葫芦短把把瓜，
你有老婆我该咋？

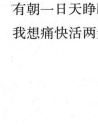

二沙沙旱地种萝卜，
好心心待你没着落。

青天蓝天蓝格盈盈天，
老天爷杀人没深浅。

有朝一日天睁眼，
我想痛快活两天。

谁也不要怨谁

——少为朋友少操心

只想三春期黄风刮，
谁想妹妹心坏彻。

井里头石头河里头鳖，
实心心的朋友打了铁。

男人的歌——

人家为朋友年对年，
咱为朋友三两天。

山雀飞在荒草凹，
名声坏在你名下。

二道道沙河沙又沙，
咱二人相好又为下个他。

山药地里带蔓菁，
你名下才把人丢尽。

石子湾湾种豇豆，
你二人相好咱退后。

人家为朋友为下爱，
我为朋友为下害。

你二人相好咱退后，
为朋友不走一条路。

打罢头更打二更，
你把哥哥害成个夜游神。

早知道天阴不下雨，
早知道变心不为你。

打罢二更你放开狗，
逼得我提上犁把手。

半崖上酸枣半崖上红，
你和人家相好咋忍心？

半崖上掏雀抓不住，
你把哥哥闪成半瓶醋。

心和人家嘴和我，
巧嘴嘴哄我软耳朵。

吃了碗扁食[1]没喝汤，
不捉主意我上了当。

[1] 扁食，饺子。

三十根柏椽盖瓦房，
为朋友为下这下场。

女人的歌——

妹妹年轻没主意，
为下哥哥一肚肚气。

清风细雨十里沙，
人心换下狗肝花。

珊瑚河流水绕桥走，
良心掉在河里头。

一碗凉水冻成冰，
娶了老婆变了心。

水流千里归大海，
娶了老婆心变坏。

胡燕垒窝拿泥垛，
你有老婆忘了我。

莜麦开花铃铃多，
回了你家忘了我。

月亮在前星在后，
你有老婆我退后。

九十月天气遇白露，
你顾你家我退后。

有了人家咱退后，
万丈高楼咱重修。

井里头打水沉又沉，
为朋友不为有老婆的人。

好马不喝沟渠水，
为朋友不为两面鬼。

好马不吃回头草，
为朋友不为第二遭。

再不要和我风搅雪，
咱二人从此打了铁。

再不要半夜走旧路，
咱二人见面躲着走。

笑格盈盈妹妹你坏了心。

斗大的西瓜满处根，
青枝绿叶你坏了心。

千年的黑狐万年白，
千年的道行你名下坏。

光和人家不和我，
良心丢在后腋窝。

一对对蛤蟆井上爬，
咱二人都把人丢彻。

一交二交不和我好，
年轻轻的心坏了。

拿不起担子钩不住桶，
拿不起狠心活不成人。

竹芨开花杆杆高，
妹妹人好心不好。

拿起石头溅水花，
拿起心来不理他。

地荬荬开花不高高，
岁数不大心不好。

斜三颗星宿顺三颗星，
洒扫了哥哥再看一个人。

女人的歌——
你说坏心就坏心，
掏给你真心认不得人。

桃杏花开在三春期，
妹妹再搭新伙计。

山水越大水不清，
为下个朋友不依心。

骑上骆驼峰头高，
再搭伙计由我挑。

男人的歌——
绿格盈盈白菜黄管心，

灯盏头没油添上一滴水，
不知道你是个洋烟鬼。

手扳住磨把把打了一个盹，
洋烟瘾得你鬼抽筋。

爬场鬼毛驴上不了山，
洋烟鬼脖子稀溜软。

半崖上种的一苗水红草，
你抽洋烟谁跟你好？

买了豆腐手巾巾包，
有事没事别往我家跑。

再不要瞎眉坎眼往我家跑，
我妈妈磨下一把快切刀。

男人的歌——

红柳葛针闸满墙，
你妈处处把我防。

不怪闺女生得好，

单怪我往你家跑。

你妈妈打你因为甚？
因为你大路上拉后生。

有了新交忘旧交，
年年轻轻心坏了。

这山上下雪那山上白，
这亲亲走了那亲亲来。

黄河里行船水不清，
朋友多了心不真。

要和谁来就和谁，
你乱挑糜穰一大堆。

朋友交情树交梢，
你那伙计有多少？

人家交朋友拿心换，
你交朋友米汤灌。

你和妹妹不久长。

再不要吃醋喝酱油，
再不要和妹妹把气呕。

人家交朋友拿心换，
你交朋友管眼然。

混沌的天年混沌的人，
混沌上几年再回心。

大白兔兔红耳朵，
薄嘴嘴咬住软耳朵。

一根干草顶不住门，
搭伙计就是瞎胡混。

你想拉倒早说话，
半路上把哥哥耽闪下。

为朋友全拿米汤灌，
缘分够了自拆散。

打了个青碗脆铮铮，
眨眼就忘了旧亲亲。

青枝绿叶绿瓜瓜，
你担待妹妹小娃娃。

红格子盖体[1]二五毡，
睡在半夜蹬了蛋。

莜麦毛毛水上漂，
看见谁好和谁交。

哥哥对你恩如山，
为甚你要把脸翻？

豇豆不红再染红，
妹妹就爱大后生。

女人的歌——
辣椒椒不辣添上点蒜，
手搭心窝窝你细盘算。

西包头的洋面五华堰[2]的糖，

[1] 盖体，被子。
[2] 五华堰，内蒙古地名

你好我好咱二人交，
你赖我赖咱拉球倒。

男人的歌——

你说拉倒就拉倒，
尘世上大闺女有多少？

天下大雪地打滑，
拉倒不过一句话。

怀揣白菜袖筒葱，
再也不登你家的门。

大榆树圪溜二榆树弯，
看见你那伙计我心动颤。

一样样的骡子一样样的马，
一样样的手腕害人家。

朋友要拿心眼眼交，
你爱我银钱有多少。

真金白银化成水，
世上没良心少有你。

下过大雨退乏云，
刀割水清没良心。

三十六眼窗窗开半扇，
你家那门子不能串。

下山的朋友黑心的客，
连葫芦带蔓一起割。

你勾搭的那野雀子不吃瓜，
它要是吃瓜我抄了它的家。

女人的歌——

山坡坡上开了朵盘灯花，
糕面掺水你软糟蹋。

大榆树上野鹊鹊窝，
用不着你来嘈杂[1]我。

花狸猫猫墙头上卧，
亲亲你不要吓唬我。

果子翻白海棠红，
咱二人不是一样的人。

---

[1] 嘈杂，嘲弄、吵闹。

老皮山药里头沙,
人好人赖对缘法。

你不要吓人你不要火,
你心里没我装难过。

男人的歌——
一出大门石子坡,
搭伙计背上黄干馍。

一出大门一苗树,
搭伙计背了一匹布。

你不爱人来单爱财,
拿上银钱瞅你来。

你骂哥哥白煮鸡,
三百五百给过你。

甜舌头哄我愣头青,
身上的银钱掏了个空。

一壶壶烧酒两碟碟菜,
一样样的朋友两样待。

有钱的亲亲坐在炕,
没钱的亲亲炉台上。

有钱亲成命蛋蛋,
没钱变成鬼判官。

三分银钱半分情,
银钱花光推出门。

我的银钱你拿上,
不捉主意上了当。

银钱扔进无底洞,
填不满的瞎枯井。

女人的歌——
人人都说咱二人好,
你有票票不让我掏。

二更鼓来了三更鼓走,
我看你不是花钱的手。

有钱的亲亲满上茶,

没钱的亲亲瓮沿上爬。

烂大皮袄钉子鞋，
身上没钱我不爱。

银子不够你添上钱，
哪有不下雨的老天爷？

男人的歌——

人家为朋友手拉手，
咱为朋友结下仇，

胡麻黄芥大榨油，
先是朋友后是仇。

瓢葫芦开花头对头，
先有恩情后有仇。

一扑二坎搭伙计，
红火两天灰腥气。

黑老鸹叫唤呱呱油，
搭伙计不如偷吃狗。

为朋友是一种赖交道，
一黑夜睡不上安然觉。

蛤蟆跳在锅盖上，
搭伙计全凭银钱扛。

十七十八正当年，
搭伙计你得装上钱。

野雀子飞在山背后，
花上银钱走鬼路。

花上银钱受上罪，
叫人家看见骂个灰。

又丢脸面又丢钱，
光屁股蹲在人跟前。

山羊皮袄扫旧地，
为朋友为得好骚气。

清炖羊肉满锅锅油，
说起为朋友心眼眼抖。

墙头上跑马路不宽，
搭伙计搭的我心胆寒。

山水越大越好看，
朋友越为心越惨。

瓢瓢舀水落不了底，
最灰的事情是搭伙计。

红豆子红来菜豆子菜，
三两天就把人混坏。

桃杏花开三春期，
好人不能搭伙计。

铺麦划子[1]枕砖头，
再不要花钱为朋友。

撩起衣襟擦擦泪，
再不要为朋友搭伙计。

再不要花钱串门门，
软刀刀杀剐穷命命。

女人的歌——
再不要为朋友搭伙计，
那才是年轻娃娃瞎主意。

满天星星生黑云，
搭伙计那是一场空。

纸糊的桥来闪人的坑，
搭伙计那是一场空。

发了一场山水澄了一层泥，
搭一回伙计活剥一层皮。

搭了两天伙计爬了两天场，
伤心事儿棺材头装。

葡萄开花结爪爪，
没有心思瞎抓挖。

一条水道两眼眼井，
一人操不了几条心。

大门上插关二门上环，
搭上个伙计枉徒然。

[1] 麦划子，麦壳。

赖死的汉子[1]护心贴，
棒打棍抽拆不散。

一斧斧砍倒双柏树，
妹妹我把心收住。

哥哥哥哥你早回心，
人留儿孙草留根。

土打城墙三丈六，
为朋友不是久走的路。

男人的歌——
黄河水盖房冰打墙，
露水夫妻不久长。

九十月的天气凉又凉，
搭伙计不如找对象。

搭伙计那是一场空，
娶上老婆扎下根。

搭伙计那是一场空，
自家的娃娃自家生。

脚踏炉台自烧火，
好朋友不如赖老婆。

摘了葫芦搂了蔓，
快把那为朋友拾掇转[2]。

黑夜怕黑点上灯，
少为朋友少操心。

[1] 汉子，此处指丈夫。
[2] 拾掇转，收拾起、停止、结束。

守家的女人

——小妹妹再好是人家的人

男人的歌——

黄牛黑牛耕坡地，
不娶老婆单为你。

磨不成白面推不成米，
千言万语为不下你。

提上篮篮割猪肉，
哪一天不在你家房背后。

城墙上跑马还嫌低，
为朋友就想为个你。

罗门又大院又深，
咳嗽吐痰叫不应。

三苗桃树四苗低，
死了不忘贪恋你。

井里头打水斗绳绳短，
你把哥哥撑在二腰杆。

月亮上来星到西，
半夜醒来想起你。

你给我说上一句依心的话，
浑身的肉肉由你割。

月亮上来星到西，
半夜叫门喊到你。

大红果果剥了皮，
人人都说是我和你。

鼓楼上鸽子飞得高，
闪失的哥哥半夜跑。

冰凌盖房雪打墙，
心病得在你身上。

穿上红鞋大门上站，
你把哥哥心扰乱。

一苗稻黍支三穗，
在你身上心操碎。

长长豆面软软糕，
因为瞭你没吃好。

野雀子垒窝黄雀占，
费了回心机枉徒然。

人想你来你不想人，
枉在你身上瞎操心。

青石板栽葱扎不下根，
干瞅着妹妹上不了身。

三十三颗荞麦九十九道棱，
三十三回瞭妹妹九十九回空。

女人的歌——
阳关大道你不走，
房背后踩出一条路。

再不要紧着往我家跑，
人前人后我活不了。

你有心来我无意，
好人担了赖名誉。

黑老鸹叫唤呱呱油，
名声在外难收留。

072

羊走河槽人走梁，
因为瞭你狼吃羊。

丢了绵羊捣不过鬼，
我说下河喝了一口水。

流水湾湾十层冰，
十遭瞭你九遭空。

回回瞭你你不在，
惹下哥哥再不来。

沙子打墙冰盖房，
冷眉冷脸冷心肠。

野鹊鹊飞在竹篱笆，
明明是火点不着。

雪花落地消成水，
枉费心机贪恋你。

大红公鸡毛腿腿，
枉下辛苦白跑腿。

白翅鹰过河扔下一根翎，
咱二人没事枉担一股名。

前沟里狐子后沟里狼，
苦葫芦害了满锅汤。

胡麻开花映天蓝，
你想那事我不敢。

青菜苤蓝半畦畦，
想办那事我不愿意。

男人的歌——
山水越大越好看，
长流水把我路刮断。

你拿上镢子我拿上锹，
我往开修路你往断掏。

你在那梁头我在沟，
说不上话儿擩不成手。

沙锅里煮粉铁锅里烩，
能和妹妹坐来不能和妹妹睡。

深沟里抬水难爬坡，
不说实话单哄我。

人人都说咱二人有，
担一回空名没揣过手。

抽了一袋再装上，
活在甚会儿也没想望。

抽了一袋又一袋，
活在甚会儿也不痛快。

女人的歌——
大二罗门双插关，
谁不知道妹妹有人管？

人走大道虎走山，
好媳妇走的背径弯。

双马马碌碡满场转，
细细估量你细盘算。

葫芦开花拉长蔓，
三转九绕细盘算。

手捉磨把突罗罗转，
打倒妄想过日月。

男人的歌——
你和人家说来你和人家笑，
你和人家唠叨我知道。

双马马碌碡单马马拉，
你跟人家不跟咱。

人家吃水咱打井，
人家好活咱担名。

骑上马马赶上牛，
走你家大门没人留。

羊戴铃铃狗戴襻，
你名下没有哥哥的饭。

青山绿水一拨拨树，
这地方不能长久住。

大红公鸡绿油翎，
姻缘配的咱二人。

小马马拉上碾碾转，
再不要整天胡盘算。

石子湾湾蓄不住水，
胡盘乱算白跑腿。

二红糜子酸捞饭，
你把那心事拾掇转。

圪颤颤雷声圪颤颤闪，
过路的亲亲枉图然。

三岁岁马驹崩断缰，
这一步鬼路你不用想。

野雀雀叫来黑老鸹吼，
戳不下大鬼[1]你不走。

要吃旱烟没有火，
要为朋友不是我。

抽完一袋再装上，
坐在甚会儿也没想望。

---

[1] 戳大鬼，闯大祸。

窗子烂了白纸糊，
妹妹嘴犟心受苦。

女人的歌——

叫一声哥哥少贪恋我，
挣上银钱娶老婆。

娶了老婆扎下根，
为朋友那是一场空。

大榆树上野雀子窝，
为朋友不如娶老婆。

你回你家好好过，
再不要胡盘乱算思谋我。

大竹芨开花扎长根，
牵牛牛开花一早晨。

土坯垒墙盖不起房，
露水夫妻不久长。

山里头的石头井里头的水，
心里头有谁就是谁。

心里头有谁就是谁，
哪怕哥哥你跑断腿。

不大大马驹房沿下拴，
枉下心机难上难。

大河流水小河冻，
你有心思漏不下空。

再不要说那些难听的话，
漏空也漏不在你名下。

叫一声哥哥你放开，
日子要紧顾不来。

铜瓢舀水澈底底明，
你想胡混我不能。

三十三颗荞麦九十九道棱，
小妹妹再好是人家的人。

墙头上画马不能骑，
小妹妹再好是人家的妻。

075

西口苦歌

——提起哥哥走西口

窗子烂了白纸糊，
妹妹嘴犟心受苦。

女人的歌——

叫一声哥哥少贪恋我，
挣上银钱娶老婆。

娶了老婆扎下根，
为朋友那是一场空。

大榆树上野雀子窝，
为朋友不如娶老婆。

你回你家好好过，
再不要胡盘乱算思谋我。

大竹茇开花扎长根，
牵牛牛开花一早晨。

土坯垒墙盖不起房，
露水夫妻不久长。

山里头的石头井里头的水，
心里头有谁就是谁。

心里头有谁就是谁，
哪怕哥哥你跑断腿。

不大大马驹房沿下拴，
枉下心机难上难。

大河流水小河冻，
你有心思漏不下空。

再不要说那些难听的话，
漏空也漏不在你名下。

叫一声哥哥你放开，
日子要紧顾不来。

铜瓢舀水澈底底明，
你想胡混我不能。

三十三颗荞麦九十九道棱，
小妹妹再好是人家的人。

墙头上画马不能骑，
小妹妹再好是人家的妻。

075

西口苦歌

——提起哥哥走西口

窗子烂了白纸糊，
妹妹嘴犟心受苦。

女人的歌——

叫一声哥哥少贪恋我，
挣上银钱娶老婆。

娶了老婆扎下根，
为朋友那是一场空。

大榆树上野雀子窝，
为朋友不如娶老婆。

你回你家好好过，
再不要胡盘乱算思谋我。

大竹茇开花扎长根，
牵牛牛开花一早晨。

土坯垒墙盖不起房，
露水夫妻不久长。

山里头的石头井里头的水，
心里头有谁就是谁。

心里头有谁就是谁，
哪怕哥哥你跑断腿。

不大大马驹房沿下拴，
枉下心机难上难。

大河流水小河冻，
你有心思漏不下空。

再不要说那些难听的话，
漏空也漏不在你名下。

叫一声哥哥你放开，
日子要紧顾不来。

铜瓢舀水澈底底明，
你想胡混我不能。

三十三颗荞麦九十九道棱，
小妹妹再好是人家的人。

墙头上画马不能骑，
小妹妹再好是人家的妻。

075

西口苦歌

——提起哥哥走西口

妹妹的歌——

提起哥哥走西口，
止不住妹妹泪蛋蛋流。

黄芥开花黄又黄，
哥哥走口外真凄惶。

你要走来我不叫你走，
拽住你的胳膊拉住你的手。

拽住你的胳膊拉住你的手，
说不下个缘由不叫你走。

井里头打水浇白菜，
一把拉住你裤腰带。

扯烂袖口口我给你缝，
这一回西口你走不成。

一把拉住哥哥的手，
该叫你在呀该叫你走？

一把拉住哥哥的手，

难说难道难开口。

长长的流水高高的山，
麻绳绳把你腿来拴。

满天星星四十八颗明，
牵魂线挂住你走不成。

黄牛白牛青脚梢，
牵魂线挂住你走不了。

风尘尘不动树梢梢摆，
挂住哥哥走不开。

走东走西我不管，
你给我说下个所以然。

你手梢碰住我手梢，
长长间流下泪两道。

哥哥走呀妹妹拉，
拉不住哥哥心难活。

哥哥走来妹妹拉，

077

家里扔下牵魂线。

苍耳苗开花人不见，
小刀刀割断牵魂线。

一拉一扯好难活。

苍耳苗开花人不见，
不让你割断牵魂线。

洋烟开花四片片，
咱给哥哥梳辫辫。

走了二里你往回瞭，
牵魂线让你撅断了。

月亮在前参在后，
小妹妹跟在你两左右。

走三步来退两步，
扔不下妹妹你站住。

二套牛车慢慢走，
真魂魂跟在你车后头。

一出大门捡苗柴，
扔不下妹子折回来。

二饼子牛车膏上油，
真魂魂跟在你身左右。

抽一抽袜子抽一抽鞋，
半路上想家你折回来。

风尘尘不动树梢梢摇，
真魂魂跟上你走了。

西山嘴有一个卧羊台，
扔不下妹妹你折回来。

天刮东风水流西，
小妹妹真魂跟上你。

天天见面天天想，

鸽喽喽[1]飞在当场面，
妹妹手拉着牵魂线。

苍耳苗开花人不见，

[1] 鸽喽喽，鸽子。

这一遭走了没想望。

高山上流水一条条线，
这一遭走了多会儿见？

脚蹬炉台抽袋烟，
哥哥一走又一年。

多会儿活的由了咱，
咱把哥哥留在家。

哥哥的歌——
牵魂线长来牵魂线短，
牵魂线缠住我走不远。

墙上跑马掉不过头，
牵魂线挂住我难走。

井里头蛤蟆扁嘴嘴，
牵魂线拴住我的腿。

杨树柳树海红树，
牵魂线把哥哥腿拴住。

走呀走呀不想走，
炕沿边挪在炕里头。

你是哥哥的命蛋蛋，
两眼流泪我离不转。

白鸡鸡下的白鸡蛋，
要命的妹妹咋离转？

妹妹的歌——
看不见来揣不见，
什么人搓下根牵魂线？

水刮河塄风刮面，
世人挣不脱牵魂线。

牵魂线好比猴儿筋，
一遭遭松来两遭遭紧。

牵魂线是那圪叉绳，
撅断一根又一根。

你有恩来我有爱，
咱二人拉的一根牵魂线。

079

咱二人拉的一根牵魂线。

咱俩的牵魂线不粗粗，
双坯坯褙成一股股。

提起脚板板迈不开步，
牵魂线把哥哥腿拴住。

牵魂线拉长又揪短，
牵魂线把哥哥小腿拴。

牵魂线长来牵魂线短，
牵魂线拴住走起来难。

妹妹的歌——
三春期黄风天天刮，
正遇上我难活你走呀。

担上担子你走呀，
实心实意扔我呀。

哥哥哥哥你走呀，
留下妹妹谁管呀？

咱俩的牵魂线不长长，
你心上拉在我心上。

牵牛花上了花椒树，
牵魂线把亲亲缠搅住。

双马马碌碡单马拉，
牵魂线拴住咋走脱？

哥哥的歌——
数不见来算不见，
闹不清有多少牵魂线。

皮绳肉绳一搭搭连，
铡草刀切不断牵魂线。

牵魂线就像胶皮带，
越缠越紧越固耐。

二两棉花搓灯捻，
你给我搓上根牵魂线。

心里头思谋嘴里头念，

哥哥哥哥你走呀，
留下妹妹咋活呀？

白泥墙上画道道，
你扔亲亲盘算到。

一对对鱼儿水上漂，
牵魂线不断剪子铰。

一出大门掉一掉头，
瞭不见妹妹哭上走。

水瓮沿上挂铜瓢，
牵魂线不断剪子铰。

一出大门魁星楼，
瞭不见妹妹泪长流。

黑老鸦飞高又旋低，
胳膊粗的牵魂线挂不住你。

村前头起了一层雾，
瞭不见妹妹泪遮住。

走东走西你走吧，
走到那里也记我着。

上一道坡坡回头瞭，
瞭不见妹妹山挡住。

哥哥的歌——
跑口外跑的心惨了，
一出大门泪蛋蛋抛。

沙梁梁高来沙梁梁凹，
亲亲的妹妹咋扔下？

一出大门掉一掉头，
扔不下妹妹我不想走。

走一步来挪一挪，
扔下妹妹无奈何。

走三步来退两步，
牵魂线把我心揪住。

走三步来退两步，
腿把把好比绳拴住。

081

经常坐在我眼跟前。

有钱没钱我不嫌，
天天坐在我眼跟前。

你跑口外没赚钱，
回来咱们吃糠面。

大竹芨开花瓣瓣碎，
甚会儿也不要忘了小妹妹。

哥哥的歌——
海红红熬成果丹皮，
哥哥跑口外因为谁？

毛驴驴拉车强上坡，
事情箍住无奈何。

羊羔羔吃奶双膝膝跪，
哥哥心上只有你。

青草湾湾下大雨，
我走西口忘不了你。

走三步来退两步，
扔不下妹妹又站住。

走三步来退两步，
没钱才把人难住。

妹妹的歌——
脚踏住河塄手扳住船，
有两句话儿没说完。

背起铺盖妹妹给你说，
收罢秋田早回家。

担起担子妹妹跟你说，
挣不挣银钱你早回家。

回水湾湾栽红柳，
挣不挣钱你往回走。

哥哥贫穷我不嫌，
只要天天在眼前。

山羊皮袄我不嫌，

水刮河滩澄下沙,
万辈子忘不了你的话。

红瓤瓤西瓜绿皮皮薄,
妹妹的话儿忘不了。

妹妹长的巧手手,
你缝的烟褡褡留想头。

站在河畔要操心,
家里的事情多照应。

你在家里收住心,
再不要难活想亲亲。

三眼眼玻璃两眼眼遮,
留下一眼瞭哥哥。

羊群出坡铃铃响,
你想哥哥看看羊。

羊奶子开花嘶喽喽响,
你想哥哥坐路上。

妹妹的歌——

蘸上泪蛋蛋梳一梳头,
咱瞭哥哥走西口。

哥哥走呀妹妹瞭,
泪蛋蛋抛在大门道。

哥哥走呀妹妹瞭,
越瞭越远越心跳。

哥哥走呀妹妹瞭,
小魂魂跟上你走了。

哥哥走来妹妹瞭,
眼花花直转泪蛋蛋抛。

你走那阵我没看见,
泪珠珠串成一条线。

人说天地十八层,
哪一层能趁咱的心?

哥哥上路我上房,
手扳住烟囱泪汪汪。

083

上了房顶串房沿，
瞭不见亲亲泪满脸。

阳婆儿上来云遮住，
瞭不见亲亲墙挡住。

村前头起了一层雾，
瞭不见亲亲泪罩住。

瞭的哥哥上了山，
手巾巾擦泪擦不干。

穿上红鞋房上站，
瞭不见哥哥瞭山畔。

手扳住梯梯坐房沿，
瞭不见亲亲瞭山线。

瞭不见哥哥瞭山线，
你把妹妹扔了个远。

山里头兔兔满沟沟跑，
你把妹妹扔远了。

哥哥走出二三里，
小妹妹手巾攥水水。

泪蛋蛋流出来手巾巾揩，
攥一攥手巾巾滴点点。

对把把大山高又高，
瞭不见哥哥瞭树梢。

瞭见大山瞭不见人，
泪蛋蛋打得我心嘴嘴疼。

前山后山山套山，
瞭不见哥哥隔下一道山。

上房瞭见天河水，
还不如跟你刮野鬼。

走一道边墙绕一道弯，
瞭不见哥哥好腿酸。

上一道梁梁下一道坡，
瞭不见哥哥揉眼窝。

井里头蛤蟆变成一条蛇，
想死也瞭不见后腋窝。

阳婆一落山雀叫，
由不住哭来由不住瞭。

一头栽在炕旮旯[1]，
浑身成了棉花包。

哥哥的歌——
泪蛋蛋流出来手巾巾揩[2]，
操心哭瞎你那毛眼眼。

你拿上泪蛋蛋送哥哥，
哥哥的泪蛋蛋扔山坡。

一下南梁瞭不见你，
泪蛋蛋流成山水水。

一疙瘩苦瓜两个人吃，
一疙瘩心病两个人哭。

再不要上房瞭哥哥，
好人稀少赖人多。

哥哥走了二里半，
小妹妹还在房上站。

走了三里往后瞭，
牵魂线扔下谁来扫？

二十里沙滩一抹平，
瞭不见妹妹的后影影。

瞭不见阳婆儿云遮住，
瞭不见亲亲山遮住。

月亮上来云遮住，
瞭不见妹妹山挡住。

走前村来瞭后村，
死也扔不下生我的根。

走前山来瞭后山，
瞭不见河曲好心惨。

背起铺盖哭上走，
泪蛋蛋滴得我难抬头。

085

---

[1] 旮旯，炕脚。
[2] 揩，读 qiē 音。

哥哥的歌——

　　山丹丹开花六瓣瓣，
　　你是哥哥的命蛋蛋。

　　百灵雀儿满天飞，
　　你是哥哥的要命鬼。

　　鱼离水坑树剥皮，
　　死好分离活难离。

　　大红果果剥了皮，
　　死好分离活难离。

　　黄河浪大水又深，
　　揪心揪心咋离分？

　　葫芦开花拉长蔓，
　　撕撕扯扯离不转。

　　哥哥走呀妹妹在，
　　十指连心怎离开？

妹妹的歌——

　　你走那天刮了一场风，

妹妹的歌——

　　茴子白卷心碎纷纷，
　　心慌意乱瞭亲亲。

　　瞭得哥哥离了岸，
　　泪蛋蛋流得漂起船。

　　河畔刮起西北风，
　　越瞭哥哥越心疼。

　　十八只大船火烧起，
　　烟喷雾罩瞭不见你。

　　刮起东风扯起桅，
　　越走越远瞭不见你。

　　哥哥坐的上水船，
　　越瞭越远越心惨。

　　上水船呀走远啦，
　　丢下妹妹咋活呀？

　　水上的船儿慢慢游，
　　想亲亲的日子在后头。

黄土烟漫咋安身?

你走那天忽乱乱风,
扣脚踪放了个二号盆。

你走那天风沙沙天,
房顶上瞭不出三步远。

你走那天风沙沙天,
瞭哥哥迷了毛眼眼。

你走那天黑紫风,
房顶上吹下个偏头疼。

你走那天天有些阴,
响雷打闪下放心。

你走那天有点阴,
你叫妹妹多操心。

你走那天跟上鬼,
一阵阵黄风一阵阵雨。

你走那天下大雨,

泪搅雨水看不清你。

你走那天天有些冷,
脚后跟凉到头顶顶。

你走那天天不做主,
西北风灌下个小肚肚臃。

你走那天我没打炭[1],
半后响吃了一顿冷冰饭。

你走那天心不顺,
没让你抱抱绵身身。

你走那天心麻乱,
单想寻死胡盘算。

脚踏住梯梯手扳住墙,
瞭不见哥哥泪汪汪。

大红扁豆抽了筋,
你走我在咋安身?

大红扁豆抽了筋,

---

[1] 打炭,把大炭块打碎,以备烧火使用。

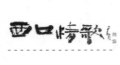

马走大路羊走山，
肥富不过河套川。

三天刮了两场风，
河套川里揽长工。

单沙绳拴住上水船，
哥哥在外两作难。

井里头打水斗绳绳短，
妹妹在家没人管。

三春期黄风九十月冰，
不知道妹妹咋安身。

十冬腊月数九天，
冻河上担水谁可怜？

妹妹的歌——
明明有家你不在，
你就知道跑口外。

上半畦葫芦下半畦瓜，
娶起媳妇守不住家。

忘了妹妹你坏了心。

沙滩困住上水船，
你走我在两头难。

满天星星朝南落，
你走我在好难活。

干柴炉炉点不着，
只盘算死来不盘算活。

无花果无花难结籽，
谁先忘谁谁先死。

哥哥的歌——
过罢大年卷铺盖，
两眼流泪走口外。

豆面饼子烙了个干，
背上烙饼进后山。

一出大门灰沙滩，
没有办法上后山。

早知道天阴不下雨，
早知道你走不和你。

天高雨少捉不住苗，
早知道你走不和你交。

玉米开花抓抓毛，
我在家里你在套[1]。

你走口外你管你，
甚会儿你才回口里？

沙地里栽葱白又白，
单等哥哥你回来。

野雀子穿青又戴白，
哥哥哥哥快回来。

哥哥的歌——

大青山盖房还嫌低，
站在烟囱上瞭妹妹。

大青山盖房青蓝蓝雾，
瞭不见妹妹心冻住。

上了房顶走房沿，
瞭不见妹妹瞭山线。

青山绿水一座城，
瞭见林林瞭不见人。

我在山后你在前，
大青山截住瞭不见。

生铜铃铃响三声，
听不见妹妹细音音。

黄河出岸满滩水，
想起家就想起你。

哥哥过河不喝水，
心想回家瞭妹妹。

半路回家那是个话，
十冬腊月早回家。

089

---

[1] 套，指内蒙古河套地区。

想 亲 亲

——想你想你真想你

妹妹的歌——

> 青苗在地落了霜，
> 哥哥走了妹妹想。

> 河里鱼多水不清，
> 可心上[1]想你一个人。

> 千里打闪万里明，
> 可心上想你一个人。

> 大竹芨开花千层红，
> 可心上想你一个人。

> 井里头蛤蟆变成龙，
> 可心上想你一个人。

> 满天星宿一疙瘩瘩云，
> 想地方不如想亲人。

> 二不溜溜山水淘河塄，
> 不想地方单想人。

> 磨眼眼转在磨盘心，
> 小亲亲单想一个人。

> 树影影拉长日头低，
> 想谁也不如亲亲你。

> 马高蹬短扯手长，
> 远路的亲亲抠心想。

> 想你想你真想你，
> 泪蛋蛋就像连阴雨。

> 想你想你真想你，
> 泪蛋蛋跌地和起泥。

> 想你想你真想你，
> 泪蛋蛋和起一堆泥。

> 想你想你实想你，
> 鞋帮帮纳成袜底底。

> 想你想你实想你，
> 剪指甲拿起个针锥锥。

> 想你想你真想你，
> 三更天睡下四更天起。

091

---

[1] 可心上，一颗心，满门心思。

想你想你真想你，
三天吃不进半碗米。

想亲亲想得迷了窍，
井里头打水箩头吊。

想亲亲想得迷了窍，
和白面挖了一碗黑豆料。

想亲亲想得迷了窍，
喊大大[1]把你的名字叫。

想亲亲想得迷了窍，
压饸饹抱回个铡草刀。

想亲亲想得迷了窍，
抱柴火跌进山药窖。

想亲亲想得迷了窍，
睡觉不知颠和倒。

想亲亲想得迷了窍，
头枕尿盆子睡过觉。

想亲亲想得迷了窍，
上炕走到大门道。

想亲亲想得迷了窍，
红鞋当成舀水瓢。

想亲亲想得迷了窍，
心里头哭来脸上笑。

想你想得见不上面，
白脸脸想成生黄片。

想你想得见不上面，
拿起针来纫不上线。

拿起针来纫不上线，
生死见不上你的面。

想你想的没法法，
衣裳缝成一疙瘩。

想你想得着了慌，
莜面蒸在水瓮上。

[1] 大大，父亲、爹。

莜面放在水瓮上，
蒸了半天冰巴凉。

想你想得心花花乱，
半后晌想起吃早饭。

半后晌想起吃早饭，
煮饺子下成山药蛋。

想你想你真想你，
熬稀粥没下一颗米。

熬稀粥没下一颗米，
熬了半天白开水。

哥哥的歌——

想亲亲想得管够受，
浑身刮不下二斤肉。

想亲亲想得管够呛，
肝花花贴在骨头上。

想亲亲想得上嗓皮干，
半夜喝了一碗淘米泔。

想亲亲想得好心慌，
半夜喝了一碗苦菜汤。

想亲亲想得喉咙疼，
六月天吃个冻海红。

想亲亲想得喉咙肿，
不吃不喝打饱声。

二荏荏韭菜细根根，
想妹妹想成瘦筋筋。

想妹妹想成个糊涂蛋，
睡觉抱住浆米罐。

梦见和妹妹吃冰糖，
扳倒酸罐子流米汤。

半夜梦见和妹妹睡，
枕头上摸一把空城计。

想妹妹想得着了慌，
耕地扛了个饸饹床。

想妹妹想得发了呆，
买风箱记成买棺材。

买风箱买回棺材来，
可叫掌柜的打了个坏。

想妹妹想得着了慌，
牛犋搭在猪身上。

妹妹的歌——

想亲亲想得吃不进饭，
嘴唇唇烤了个稀巴烂。

想妹妹想得迷了窍，
抽烟含住烟锅脑。

想亲亲想得睡不着觉，
口叉窝烤起火燎泡。

想妹妹想得发了疯，
喂毛驴走进掌柜的门。

想亲亲想得脸皮皮黄，
眼花儿直转耳暴声响。

喂毛驴走进掌柜的门，
险险儿把哥哥打一顿。

想亲亲想得不像个人，
嘴叉窝有了护口纹。

白天想你满地绕，
黑夜想你睡不着觉。

想亲亲想得没精神，
炕头上说话气不匀。

想妹妹想得满地绕，
可叫掌柜的骂灰了。

想亲亲想得没力气，
双手端不起灰簸箕。

想你想你真想你，
锄地扛了个打粪锤。

锄地扛了个打粪锤，
差一点打断哥哥的腿。

想亲亲想得腿肚肚抽，
穿不动鞋钵钵跂拉上走。

想亲亲想得胳膊腕腕软，
拿不起筷子端不起碗。

想亲亲想得浑身身瘫，
好像骨头牛牛散了班。

想亲亲想得浑身身烧，
好像旺火堆堆把油浇。

想亲亲想得得了一场病，
先生号脉我该说个甚？

想亲亲想得得了一场病，
瓮沿上跑马强捞住命。

阳婆一落山根底，
一阵阵想起哥哥你。

阳婆一落山根底，
心里头想得全是你。

一队队胡燕绕天飞，
不想别人单想你。

梨儿花生果丹皮，
心里想你不能提。

阳婆儿落在山里头，
想哥哥想在心里头。

铜瓢挂在桶里头，
想哥哥想在心里头。

水红花开在水里头，
想哥哥想在心里头。

白天想你猫道上瞭，
黑夜想你魂丢了。

白天想你沙梁上绕，
黑夜想你盘磨道。

白天想你窗台上爬，
到夜晚想你没办法。

白天想你窗台上爬，
黑夜想你炕皮上挖。

白天想你溜沙梁，
黑夜想你盘了床[1]。

白天想你大门上站，
黑夜想你胡盘算。

白天想亲亲头皮麻，
黑夜想亲亲没抓拿。

白天想亲亲有担饶[2]，
黑夜想亲亲命难逃。

阳婆一落点盏灯，
灯看我来我看灯。

阳婆一落野雀雀叫，
一个人睡觉好孤燥。

野雀雀上房跳三跳，
一个人睡觉好孤燥。

野雀子过河蛇过道，
一个人睡觉好孤燥。

想亲亲想得上不了炕，
墙头上画下你人模样。

拿起笤帚扫扫炕，
泪蛋蛋抛在炕沿上。

放下枕头不瞇睡，
炕头上滴下冤枉泪。

心里头想你嘴里头念，
睡在炕头上活梦见。

两床铺盖二五毡，
一对对枕头空一半。

一对对枕头花顶顶，
两床铺盖一床空。

一根锹把顶住门，
长一个枕头短一个人。

0.96

[1] 盘床，失眠，通宵睡不着。
[2] 担饶，担待、苟且。

前半夜想你炕上摸，
后半夜想你心上抓。

前半夜想你后半夜哭，
枕头布布稀抓抓湿。

前半夜想你煽不熄灯，
后半夜想你翻不转身。

前半夜想你煽不熄灯，
后半夜想你等不上明。

前半夜想你蹬住墙，
后半夜想你跌下炕。

前半夜翻在后半夜，
满天的星宿都数遍。

想你想得天亮明，
心上抓得我活不成。

一黑夜熬了两灯油，
想你想得真难受。

割开西瓜顶心白，
心里的疙瘩难解开。

甚会儿见了哥哥的面，
心里疙瘩全解开。

哥哥的歌——

你在家里收住心，
再不要胡盘乱算想亲亲。

想亲亲不能那么想，
稀粥米汤你喝哑上。

黄芥开花黄又黄，
想瞭哥哥你上房。

你想我来我想你，
心上好比刀子犁。

有了营生做不成，
心里头想你说不成。

手抓住镰刀不想割，

097

单想妹妹不想说。

半崖上开花结酸枣，
想亲亲想的眼干了。

前半夜想你抽不完烟，
后半夜想你闭不住眼。

想妹妹想得上了房，
丢盹[1]跌在烟囱旁。

想妹妹想得得了病，
头上拔了个火罐印。

想妹妹想得得了病，
好了好不了不一定。

相思病，我害上，
抓心要命你身上。

白鸽子叫唤三九天，
西口外想妹妹真可怜。

井里头蛤蟆井沿上爬，
想妹妹顶如想妈妈。

一刮大风水流西，
马身上打盹梦见你。

青草叶子麦苗穗，
想亲亲想的不瞌睡。

大榆树上落金钱，
想死想活见不上面。

想你想的脸发黄，
好比娃娃离了娘。

胡麻开花蓝又蓝，
想见妹妹难上难。

月亮上来星宿碎，
满炕都是泪水水。

———————
[1] 丢盹，打盹。

妹妹的泪蛋蛋

——泪蛋蛋好比连阴雨

妹妹的歌——

前山的糜子后山的谷，
甚会儿想你甚会儿哭。

地下的躺柜烂了一个窟，
想哥哥想得心里哭。

手撒黑豆耧种谷，
嘴里头唱曲心里哭。

秋风糜子寒露谷，
嘴里头唱曲儿心里哭。

阴弯弯糜子背洼洼谷，
那里难活那里哭。

想亲亲想的泪遮眼，
大天白日看不见天。

麻阴阴天气雾沉沉，
想亲亲哭成泪人人。

手抓住镰刀不想割，

单想哥哥不想说。

盘算起来走口外，
毛眼眼都让泪泡坏。

想起亲亲由不得哭，
泪水泡烂眼珠珠。

石榴开花朵朵红，
不想口外单想人。

想起哥哥单想哭，
甚会儿哥哥守我着。

哥哥的歌——

泪蛋蛋本是心中血，
谁不难活谁不滴。

泪蛋蛋本是心中油，
谁不难活谁不流。

东坡上栽葱西坡上绿[1]，
再不要想哥哥再不要哭。

---

[1] 绿，读 luo 音。

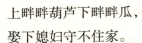

上畔畔葫芦下畔畔瓜，
娶下媳妇守不住家。

人家有钱不离家，
哥哥没钱到处刮。

万般出在无其奈，
扔下妹妹走口外。

妹妹的歌——

还说人家不想你，
泪蛋蛋好比连阴雨。

还说人家不想你，
泪蛋蛋和起一堆泥。

还说人家不想你，
手巾巾擦泪攥水水。

还说人家不想你，
半碗捞饭泪泡起。

还说人家不想你，

三天没吃下两颗米。

端起饭碗想起你，
泪蛋蛋抛在饭碗里。

想亲亲想的吃不下饭，
心火把妹妹嘴烧烂。

不想吃饭单想你，
走的坐的打问你。

早起哭至阳婆落，
手巾巾揩泪心难活。

大雁回家呱呱叫，
哭瞎了眼睛谁知道？

刮起东风水流西，
提起枕头想起你。

怀抱胳膊朝墙睡，
枕头上滴下伤心泪。

哥哥跑口外因为谁？

再不要思想再不要哭，
咱二人不能常守着。

天天想你到鸡儿叫，
手巾巾揩泪谁知道？

毛驴驴拉车强上坡，
事情箍住无奈何。

脸上黄黄我咋来，
想你想的我哭来。

沙蓬窝窝苦菜汤，
光景逼在咱苦路上。

一岁岁马驹跳场塄，
想哥哥想的肚子疼。

一出大门掉掉头，
扔不下妹妹不想走。

一钵钵清水冻成冰，
想哥哥想的得了病。

一出大门掉掉头，
瞭不见小妹妹哭上走。

拿起篙杆撑不起船，
妹妹哭的溜溜软。

一出西门坐大船，
盘算起穷日子好心惨。

想我的男人想我的汉，
泪蛋蛋好比水推船。

过了黄河掉一掉头，
瞭不见河曲泪长流。

我想亲亲天天哭，
亲亲亲亲你想我不？

哥哥的歌——
海红红熬成果丹皮，

102

瞭见黄河瞭不见人，
泪蛋蛋打的我心嘴子疼。

翻过大山正晌午，
想起家来心中哭。

下山看见小川河，
心里发凉腿哆嗦。

一出古城泪汪汪，
一翻霸梁更心伤。

翻过霸梁入沙漠，
心上难活想起家。

入了沙梁刮起风，
风沙打的眼瓣瓣疼。

沙梁高来沙梁凹，
腰疼腿酸好难活。

三十里沙滩一抹平，
瞭不见妹妹的后影影。

走了一天又一天，
走了三天离家远。

走了三天离家远，
异乡孤人谁可怜？

三春期黄风天天刮，
无根的沙蓬往哪里落？

三天刮了两场风，
黄土掩埋咋安身？

刮起狂风风带沙，
哪是我的地方哪是我的家？

妹妹的歌——
哥哥走呀妹妹瞭，
泪蛋蛋抛在大门道。

哥哥走呀妹妹瞭，
小魂魂跟上你走了。

103

天刮东风水流西，
小妹妹真魂跟上你。

刮起东风扯起桅，
越走越远瞭不见你。

单沙绳拴住上水船，
妹妹真是两作难。

野雀子穿青又戴白，
盼望哥哥早回来。

割完糜子收完秋，
哥哥赶紧往回走。

哥哥的歌——
西山畔阳婆东山畔落，
说起走西口心难活。

红公鸡叫来白公鸡听，
说起那走西口真惨心。

吃冷饭，睡冷地，

走西口受的是无头子气。

青草湾湾下大雨，
我走西口忘不了你。

割倒糜子收倒秋，
哥哥立马往回走。

哥哥！哥哥！

——不想哥哥再想谁

火上泼油心煎熬，
想亲亲想得命难逃。

有了营生做不成，
担起箩头放下桶。

有了营生做不成，
心里头想你说不成。

妹妹的歌——
黑老鸦飞在大青山，
男人走了心不安。

四面席子满炕毡，
一个人走下心不安。

拿起针线低倒头，
盘算起亲亲泪长流。

想亲亲想得心不安，
家里缺一颗定心丸。

捞不成捞饭焖不成粥，
心思不在饭里头。

十月的狐子沙滩上卧，
想亲亲想得心难过。

手攥磨把把不想围，
大门上跑了四五回。

大疙瘩山药煮满锅，
你走口外想死我。

手攥磨把把空磨响，
想亲亲想在心眼上。

十月沙蓬滚成团，
你走口外我盘算。

靠住磨盘打了个盹，
梦见汉子扶我身。

刮了场黄风没下雨，
走着站着盘算你。

墙头上栽花满院红，
哥哥走了想死人。

106

梦见汉子扶我身，
双手一摸扑了个空。

清早起来进磨房，
黑毛驴套在磨杆上。

听见空磨嗡嗡响，
心思不在磨眼眼上。

心里有话说不成，
想亲亲想得活不成。

阳婆上来照喜鹊，
想亲亲只能干忍着。

你走走在大青山，
我在家里受艰难。

你走走在大青山，
麻绳绳难把你腿来拴。

你在大青山背大炭，
妹妹在家吃不下饭。

你在大青山只管你，
忘了妹妹在家里。

哥哥的歌——
想起妹妹心滴血，

家里扔下心不歇。

人在外头心在家，
家里扔下一枝花。

远瞭大青山不高高，
咱和妹妹隔远了。

大青山石头乌拉山水，
山前山后寻不见你。

大青山高来乌拉山低，
转遍脑包寻不见你。

大青山石头乌拉山水，
咱俩谁也见不上谁。

大青山上青岚雾，
没钱才把人难住。

107

稻黍开花紫穗穗，
掏心挖髓想妹妹。

妹妹的歌——
砍倒大树锯成板，
妹妹在家没人管。

马走大路虎走山，
妹妹在家没人管。

马走大路虎走山，
你走口外我受难。

你在口外我在家，
你打光棍我守寡。

绵洞洞盖体你不盖，
你就谋住跑口外。

七月里来风摆浪，
山高路远见不上。

深山沟流水一条线，
想死想活见不上面。

大青山上青岚雾，
妹妹把我心揪住。

瞭不见妹妹瞭山线，
大青山挡住看不见。

野雀子飞在黄雀林，
妹妹揪住我的心。

白鸽子叫唤三九天，
想起妹妹真可怜。

十冬腊月数九天，
河沟里担水谁可怜。

我在口外你在家，
不知妹妹咋难活。

提起箩头放下桶，
盘算起亲亲咋安身？

麻阴阴天气蒙生生雨，
见到人家见不到你。

大河出岸满滩水，
有了疑难想起你。

远远瞭见穿灰衣，
我把人家当成你。

想你想得见不上面，
大清早跑进留人店。

想亲亲想的没办法，
留人店里捎句话。

想亲亲想得见不上，
你给妹妹捎上张半身像。

相片片不大二寸半，
甚会儿想起甚会儿看。

松柏树开花四季青，
我想亲亲想在心。

蜜蜂飞在窗眼眼上，
想亲亲想在心眼上。

蛤蟆口炉子烧干柴，
将待忘了又想起来。

倒坐炕棱丢了个盹，
梦里想起心上人。

井里头蛤蟆见不上天，
想死想活谁可怜？

野雀子飞在猪身上，
再走西口我跟上。

骑上骡子带上马，
再走口外带上咱。

鞭子放在窗台上，
要死要活相跟上。

烂大皮袄伙盖上，
要死要活相跟上。

雪花落地化成水，
死心塌地跟上你。

109

想你想你真想你，
变成狐子跟上你。

想你想你真想你，
变成蝴蝶跟上你。

蝴蝶活着随你飞，
蝴蝶死了你掩埋。

一苗果树红又红，
至死不离心上人。

一股山水淘河塄，
至死不离心上人。

流水泉泉冻成冰，
至死不离心上人。

我想哥哥枉图然，
哥哥想我往回转。

只要哥哥在眼前，
哪怕天天吃糠面。

妹妹！ 妹妹！

——难活不过人想人

妹妹的歌——

十月的狐子滩上卧，
一个人走下个心难过。

一颗星星朝南落，
一个人走下个心难活。

满天星星朝南落，
你走我在好难活。

你走口外我在家，
我在家里心难活。

心里头难活脸上笑，
嘴里头不说谁知道。

一出大门往南瞭，
心里头难活谁知道。

一阵阵哭来一阵阵笑，
一阵阵难活谁知道。

一阵阵哭来一阵阵笑，
心里好比刀子搅。

天天刮风天知道，
我的难活谁知道？

哥哥的歌——

西山阳婆东山落，
人在口外心难活。

扔下妹妹扔下家，
走在口外心难活。

你难活不如我难活，
你难活还能住娘家。

你难活不如我难活，
你难活还有你妈妈。

你难活不如我难活，
我要难活给谁说。

你难活不如我难活，
十月的孤雁往哪儿落？

妹妹难活爹娘管，
哥哥难活自了断。

二溜溜谷子推不成米，
哥哥难活没人理。

人家难活一家人，
我是孤雁落不了群。

三道河流水撑不起船，
想见亲亲难上难。

妹妹的歌——
黑老鸦飞进葛针林，
牵肠挂肚不由人。

心里发苦怨不得人，
好活难活自个寻。

黑老鸦飞在半天云，
好活难活自个寻。

阳婆一落搂回柴，
难活就在黑将来。

豆子里数不过大豆大，
人里头数不过我难活。

凉不凉来热不热，
七心八思好难活。

黑老鸦落在冰滩上，
坐卧不安心摇晃。

男人难活嘴皮皮上吼，
女人难活心眼眼上抠。

男人难活唱大戏，
女人难活漾大气[1]。

说起难活真难活，
我的难活没法说。

哥哥的歌——
女人难活眼皮皮肿，
男人难活活抽筋。

女人难活伤脸皮，
男人难活伤底气。

你难活不像我难活，
泪蛋蛋都在喉咙上卡。

---
[1] 漾大气,痛苦哭泣。

哥哥难话说不成，
泪蛋蛋蜇得眼畔畔红。

妹妹的歌——
下过大雨退乏云，
什么也不如人想人。

天上堆得一疙瘩云，
难活不过人想人。

长不过五月短不过冬，
难活不过人想人。

说我难活实难活，
嫁了男人守活寡。

你难活可像我难活？
吃不想吃来喝不想喝。

你难活可像我难活？
单想死来不想活。

你难活可像我难活？
你难活能把野鬼刮。

你难活可像我难活？
妹妹的泪蛋蛋大把抓。

妹妹的难活说不成，
泪蛋蛋打得脯胸骨骨[1]疼。

难活遇了个不好活，
心上就像刀子扎。

难活遇了个不好活，
心上就像猫爪子挖。

人家难活有亲人，
我的男人杳无踪。

蛤蟆口炉炉烧沙蒿，
一对对扔下我个单爪爪。

一对对鸳鸯顺水漂，
一对对扔下我个单爪爪。

青山羊下了个绵羊羔，
一对对丢下我个单爪爪。

[1] 脯胸骨骨，胸脯。

说我难活实难活，
早晨难活在阳婆落。

豆子里数不过大豆大，
人里头数不过我难活。

哥哥的歌——

稻黍开花丝穗穗，
咱二人难活一对对。

刮了场黄风没下雨，
走着站着盘算你。

割开西瓜满瓢瓢水，
忘了爹娘忘不了你。

沙梁梁高来沙梁低，
不知道明天去哪里。

打完短工揽长工，
受死受活没人问。

半碗凉水冻成冰，
伺候人哪有好营生。
打完头更打二更，
异乡孤魂难安身。

东三天来西两天，
无处安身真可怜。

蛤蟆口炉子烧干柴，
受了一天又一天。

红柳鞭子朝天打，
挣不下银钱回不了家。

手提拳头没法法，
挣不下银钱回不了家。

荒滩秋风不住气地刮，
谁能解了我这心难活？

九十月狐子冰滩上卧，
谁能去了我这心难过？

斗大的西瓜解不了渴，
谁也解不了我这心难活。

斗大的西瓜止不了饿，
谁也去不了我这心难过。

盼啊盼

——远路的哥哥难捞探

118

妹妹的歌——

家住河曲西门外，
我家男人跑口外。

大红公鸡驾墙飞，
娶了老婆刮野鬼。

黄河里飘的九支船，
我家的男人不回还。

你走口外揽长工，
扔下妹妹守空门。

你走口外你管你，
扔下妹妹没人理。

你走绥远[1]你管你，
丢下妹妹交给谁？

你走临河[2]你管你，
扔下妹妹依附谁？

你走后套你管你，
扔下妹妹活受罪。

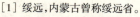

[1] 绥远，内蒙古曾称绥远省。
[2] 临河，现巴彦淖尔市。

你在大青山砍山柴，
你把妹妹咋安排？

你在口外受零落，
小妹妹在家活守寡。

走了一天又一天，
你把妹妹扔了个远。

一把沙土扬了个高，
你把妹妹扔远了。

黄雀飞在半腰坡，
你走口外忘了我。

白马拉磨脚蹬箩，
你走口外忘了我。

半碗凉水实冻了，
你把妹妹实忘了。

你走走在大青山，
小亲亲在家受艰难。

甜不过冰糖辣不过蒜，
好好的夫妻鬼打散。

蛤蟆口炉子黑烟漫，
好好的夫妻鬼打散。

十个大瓮九个空，
一个放的糠谷糁。

柴没柴来炭没炭，
一天吃不上一顿饭。

一天担回半桶水，
你走口外我受罪。

大河里流凌突罗罗转，
远路的亲亲难捞探。

哥哥的歌——
大雁叫唤刮鬼风，
走在西口真惨心。

黄沙漫地北风吼，
吃的人饭走鬼路。

拿起烟袋没火镰，
哥哥在外真可怜。

人人都说刮野鬼好，
不刮野鬼不知道。

人人都说刮野鬼好，
刮野鬼刮的我心惨了。

前房檐下雨后房檐流，
人在口外犯了愁。

走口外不是好营生，
累死累活活不成。

从家走到西宁夏，
万辈子捎不回一句话。

二红糜子捞捞饭，
千里的妹妹难捞探。

妹妹的歌——
泪蛋蛋漂起九只船，
妹妹在家真作难。

白马拴在杂草滩，
你说妹妹有多难！

手搓麻绳三尺三，
你看我活的难不难！

担起笼头放下桶，
小妹妹活的不是人。

鸡爪黄连苦豆根，
苦言苦语苦到心。

人家红火咱作难，
好比孤雁落沙滩。

拉起胡琴哨起枚，
哥哥不在红火谁？

里外间间穿洞洞风，
除过娘老子谁心疼？

海红红熬成果丹皮，
挨打受气因为谁？

半斤莜面推窝窝，
挨打受气为哥哥。

小妹妹年轻有几天，
男人总不在眼跟前。

阳婆一落点着灯，
痴眉愣眼想亲人。

阳婆一落点着灯，
一哭哭到大天明。

野雀雀叫唤九十月天，
房背后瞭哥哥谁可怜？

野雀子叫唤三更天，
大河畔瞭你真可怜。

麻秸秸顶门风刮开，
风来雨来你不来。

摘了葫芦拉了蔓，
远路的哥哥难捞探。

120

哥哥的歌——

百灵子雀儿满天飞，
丢下老婆刮野鬼。

头顶人家天来脚踩人家地，
走着坐着受人家的气。

吃冷饭，睡冷地，
走在口外活受罪。

又拉骆驼又放羊，
哥哥在外真凄惶。

大叶子甜苣遮路畔，
远路的亲亲难捞探。

妹妹的歌——

胡燕垒窝一层泥，
想见哥哥难难地。

家里没点男人气，
心上好比刀子犁。

你走我在两作难，

大水把咱的路刮断。

山水越大越好看，
二流水才把路刮断。

你在东来我在西，
天河水隔在两头起。

我在西来你在东，
天河水隔住见不成。

当河滩困住上水船，
天河水隔住两头难。

妹妹活了一回人，
顶如老天刮了场风。

清水流在黄河头，
甚会儿活在人里头？

半坡上泉水顺沟沟流，
多会儿活在人里头？

一对对沙鱼顺水流，

121

甚会儿活在人里头？

十月沙蓬滚成团，
远路的哥哥难捞探。

哥哥的歌——
沙蓬窝窝苦菜汤，
光景逼在我苦路上。

烂大皮袄顶铺盖，
光景逼下我跑口外。

大青山石头冰巴冷，
留住人来留不住心。

杨树柳树海红树，
这地方不能长久住。

三天刮了九场风，
黄土埋人难安身。

绵羊山羊五花羊，
中滩不如咱南沙梁。

你在家里掐指头算，
我在口外熬难关。

天天想来天天盼，
远路的亲亲难捞探。

妹妹的歌——
后套的白面包头的糖，
这一遭你走了好久长。

野雀雀飞在清水河，
天凉了也不回来看看我。

炉子头烧上丝丝火，
有了人家忘了我。

你和鞑女子一对对，
家里头扔下小妹妹。

西包头红火人又多，
顾了红火忘了我。

鸽喽喽出窝一对对，
西包头红火没妹妹。

野雀子穿青又戴白，
忘了妹妹不回来。

千里的雷声万里闪，
远路的哥哥难捞探。

哥哥的歌——

洋红豆上了稻黍架，
哥哥忘不了妹妹的话。

山里头石头井里头水，
哥哥心里只有你。

白公鸡叫唤红公鸡鸣，
这地方哪有心上人？

马莲花落在大路畔，
这地方谁给我解心宽？

妹妹妹妹你放心，
哥哥不是那种人。

鞑女子不爱口里猴，
三春期来了九十月走。

鞑女子不爱口里人，
春出秋回活杀人。

大果子翻白满面面红，
鞑女子再好是人家的人。

骑马不骑带驹驹马，
马驹驹叫唤心难活。

霜打的豇豆吃不得，
远路的女人寻不得。

走在口外回不了家，
赚不下银钱没办法。

回水湾湾栽红柳，
赚下银钱往回走。

沙梁里沙蒿堆成山，
挣下银钱往回返。

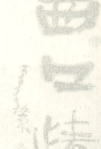

回来吧

——操心操在你身上

妹妹的歌——

阴坡上砍柴阳坡上晒，
寻了个男人总不在。

走一年西口赚不下钱，
常年不在眼跟前。

哥哥走了王爷地，
盘头嫁妆压了柜。

哥哥走了王爷地，
做下的红鞋压了柜。

羊羔羔吃奶双蹄蹄跪，
苦命人成不了好夫妻。

哥哥的歌——

真心实意的小妹妹，
咋就寻我这受罪鬼？

耕过糜地耙谷地，
哥哥在外受死罪。

跑到后山拔麦子，

两手尽是血裂子。

月亮在前星在后，
半夜起来拔黑豆。

又砍沙蒿又拉柴，
磨烂衣裳磨烂鞋。

十冬腊月数九天，
放羊冻成铁青脸。

数九寒天下大雪，
青鼻眼泪满手血。

想赚银钱拿命换，
大青山里去背炭。

爬进煤窑背大炭，
浑身哆嗦两腿酸。

妹妹的歌——

野雀子过河单翅翅飞，
小妹妹心软寻了个你。

125

满天星星没月亮，
把心摊在你身上。

三截躺柜两截空，
一个人操上两条心。

不寻男人没办法，
寻下男人不在家。

一条水道两眼井，
你在外面我操心。

你上后山走后套，
牵魂线扔在西口道。

野雀雀落在芫荽地，
在你名下心操碎。

你走口外进后山，
妹妹软成麻团团。

莴子白卷心十八层，
除过妹妹谁心疼！

白布衫衫你穿上，
你把妹妹心卷上。

野雀子飞去王爷地，
把话捎给我女婿。

房背后刮风树林林响，
心病就在你身上。

野雀子叫唤北风刮，
你给哥哥捎句话。

黑老鸦飞在烟囱上，
心病种在你身上。

大雁回家你不回，
你在后套刮野鬼。

高粱开花顶顶上，
操心操在你身上。

大竹茇开花顶顶上，
操心操在你身上。

人家都回你不回，
心上打的甚主意！

口外风大天气冷，
破衣烂衫不放心。

十里长台半道街，
我想眊你路太远。

大雁回家落了霜，
咱给哥哥捎衣裳。

大雁回家落了霜，
我想亲亲有指望。

大雁捎上一句话，
赚不赚钱回来吧。

大雁回家你也回，
知道妹妹多想你。

离开后套多喝些水，
路远害怕渴坏你。

人家骑马你骑驴，
不要步走累坏腿。

妹妹想吃洋冰糖，
哥哥快离隆兴场。

妹妹想吃洋白面，
哥哥快离临河县。

羊肉萝卜包饺子，
哥哥快离南海子。

半月十天见了面，
让我痛快活几天。

二茬韭菜整把把，
甚会儿能到一搭搭？

葡萄开花结抓抓，
甚会儿能到一搭搭？

碗大的灯盏添满油，
长长的捻子够到头。

野雀子飞在蒿林杆，
捎书子容易见面难。

一群野雀子朝南喧，
你给妹妹捎句话。

百灵鸟过河白翅翅飞，
小妹妹命短等不上你。

马儿不走鞭子打，
哥哥天天想回家。

哥哥的歌——
打了个喷嚏鼻子通，
好像亲亲捎书信。

生是夫妻死是伴，
妹妹你再等两天。

打了个喷嚏鼻子麻，
好像亲亲想念咱。

算盘一响卷铺盖，
哥哥立马离口外。

刮起秋风树叶落，
妹妹在家受煎熬。

我在后套搭炉灶，
留下妹妹受孤燥。

前山后山去打短，
盘算起妹妹真心惨。

盘算起妹妹泪涟涟，
少吃没穿谁可怜？

野鹊子过河水推船，
捎书子容易叙话难。

跑口外的哥哥回来了

瞭见黄河真高兴，
赶上路程看亲亲。

过了黄河天色晚，
不管早晚往回赶。

哥哥的歌——
　　割倒糜子收倒秋，
　　跑口外哥哥往回走。

一进大门羊羔羔叫，
妹妹站在大门道。

三百里明沙二百里水，
五百里路途回口里。

一进大门羊羔羔叫，
看见妹妹迎面面笑。

回水弯弯渡口船，
远路的哥哥往回转。

三天想你两天念，
总算见了妹妹的面。

白马青鬃四银蹄，
挣下银钱回口里。

坐在炕头抽一袋烟，
小妹妹就在眼跟前。

赚了银钱回口里，
连明彻夜看妹妹。

上了热炕脱了鞋，
今年的生死我保回来。

手搬住鞍桥脚扎蹬，
马鞭鞭一绕明雾中。

妹妹的歌——
　　水涨船高河垅垅低，
　　咱盼哥哥回口里。

小青马马多喂上二升料，
三天的路程两天到。

一翻霸梁往南看，
远远瞭见河曲山。

东山畔阳婆西山畔落，
跑口外的哥哥回来了。

半夜开门瞭一瞭，
走口外的哥哥回来了。

半夜听见脚步声，
哥哥回来忙开门。

夜影影下来认不得人，
想也不想是小亲亲。

野鹊鹊垒窝口含柴，
什么风把你刮回来？

风尘尘不动树梢梢摆，
顺风风把哥哥刮回来。

大河上漂下芦根柴，
想也不想你回来。

大豆开花点点白，
想也不想你回来。

沙地里栽葱白又白，
单等哥哥你回来。

大船流在老牛湾，
柜里的衣裳抢好的穿。

跑口外的亲亲进了门，
保住生死留住命。

月亮上来风头儿长，
咱问哥哥凉不凉。

点起油灯满炕炕明，
哥哥上炕暖一暖身。

双膝膝跪下单膝膝起，
酒盅盅满酒迎候你。

树叶叶落在树根底，
哥哥总算回口里。

亲亲上炕歇一阵，
我给亲亲诉苦情。

担起箩头放下桶，
我给亲亲诉苦情。

泪蛋蛋接了九只船，
我给亲亲诉苦难

跑口外的亲亲回了家，
看见亲亲我还乐。

头茬韭菜整把把，
总算又到了一搭搭。

抱住哥哥亲了个嘴，
再不要跑口外刮野鬼！

作家漫笔

——解读西口文化

家 乡 的 模 样

燕治国

老家的窑洞

离开家乡那一年，我说我再也不回来了。我不想再过那种贫穷困苦的日子，再也不想听那些揪心揪肺的山曲儿了。

可是出走几十年，家乡像千万条丝线一样揪扯着我的魂灵。无论走到哪里，无论白天黑夜，我总是忘不了家乡那一块块苦焦的土地。

忘不了家门口的黄河水，忘不了房背后的黄土山。

忘不了山头上蛇一般扭来扭去的古长城，忘不了风雨剥蚀的烽火台。

忘不了山梁山坡山沟沟，忘不了黄河里住人的娘娘滩。

还有河里的木船，还有山头上那长不大的老汉汉树。

即便是河对岸那山、那高原、那飘忽的灯光，也深深地刻在我的记忆里了。多少年多少回，我独自坐在黄河畔，看山、看水、看瑰丽的霞。看野狼野兔出没,看奔跑的狍羊群掀起来漫天的黄沙。

我听见马头琴声从河对岸鄂尔多斯高原传过来。那时候我觉得浑身燥热,就想喊一声蒙古兄弟我的亲人!

河那面陕北的土地紧靠着鄂尔多斯。不时有信天游歌声传过来。老人们说,狗日的陕北人跟咱一样样地苦焦凄惶,谁家也不要笑话谁家。

每当内蒙古和陕北的歌声响起来,河这面的人就唱开了。

每当河这面的歌声响起来,蒙古人和陕北人也唱开了。

忘不了家乡。

忘不了千首万首凄婉揪心的山曲儿。

家乡的名字很好听:山之西、河之曲。

185

我在山坡上捡歌

燕治国

家乡小路

小小一个县份,哪来的那么多歌呢?

山梁上有,山沟里也有。路边有,河畔也有。白天跟着母亲到地里去,她嘴里总是哼着山曲儿。听不清歌词,调门儿酸酸的。到黑夜麻油灯亮起来,母亲坐在纺车旁,边纺线边唱她自家编的山曲儿。伸长胳膊揪那线,倒转纺车把线绕起来。线线有多长,山曲儿就有多长。多少个夜晚,我在纺车声中睡着了。歌像水一样,在我家炕头上流过来流过去,慢慢地渗进我的骨头缝儿里头了。

家乡小路

我问母亲:鬼大个地方,咋就有这么多歌来?

母亲说：都是走口外走出来的。

这歌是谁编的？

口里的媳妇儿，走口外的汉子们。

咱这地方的人，咋一张嘴就想唱？

母亲说：不单是人，就连狗狗叫几声，叠的也是山曲儿的调。人世间，难活不过人想人，心里难活就想唱。

那时候我不知道什么叫人想人。只想着赶紧长大了，一溜烟儿跑到口外去。

等我长大了，人们再也不走西口了。上学读书过日子，一生走的是平常路。漫山遍野都是歌，我非歌中人，也非编歌者。我在山坡上捡歌。一弯腰捡一把，把把装在心里头。再弯腰捡一把，站起来看河对岸那细线一样的山路。

我向往沙漠和草原，向往骆驼和蒙古包。

鄂尔多斯，我心中的圣地呀……

山西四老写河曲

138

马　烽

　　河曲本来就是个十年九旱的穷苦地方，这个县的沙畔村，更是个数一数二的穷村子。原因就是土地太贫瘠，风沙之害太严重了。这里连地名都离不开沙子——沙畔，村南的地叫前沙窳，村北的地叫后沙窳。再往北的一座沙坡叫沙流积坡。这里简直和沙漠地带差不多。有的地方完全是累累沙丘，像黄色的海浪一样，不要说种庄稼，干脆连草都不长。一到春季起了大风的时候，黄沙满天飞扬，刮得天昏地暗，大白天房里都要点灯。每天清晨，家家都要从院子里往外担沙子，隔不了几天就要清除一次房后的沙子，不然房子就有被压塌的危险。有时候，一夜功夫房门被沙堵住了，房里的人只好从窗户上爬出来……

为了生存，这里的人过去只好走口外。

"走口外"也叫"走西口"，就是到内蒙土地比较肥沃的后套一带当长工、打短工、做牛做马。能赚下几个工钱的人，秋后就陆续回来了；赚不下钱的就流落在外乡。还有的虽然也赚下了一点工钱，但不幸遇上土匪抢劫(当时那一带土匪很多)，或是生灾害病，命运就更悲惨了。现在这地方还流传着许多有关"走西口"的民歌，内容都是描写那种生离死别的悲惨生活的。

——摘自《马烽文集》第七卷《林海劲松》

马烽(1922—2004)　当代作家。生前曾任中国作家协会党组书记，中国文学艺术界联合会、中国作家协会副主席和山西省政治协商会议副主席，山西省文学艺术界联合会、省作家协会主席等职。有《马烽文集》八卷本留世。

孙　谦

"河曲保德州，十年九不收，男人走口外，女人挑苦菜"。

抗战期间在晋西北住过的人，都很熟悉这支民歌。听了这支歌，很容易想像出河曲、保德农民的悲惨生活图景。因为这支歌准确地描绘了河曲、保德贫瘠的自然面貌，深刻地表达了贫苦农民心里的辛酸苦痛，它就能够广泛流传，深入人心，老少会唱。

——摘自《孙谦文集》第五卷《曲峪新歌》

孙谦(1920——1996)　当代作家。生前曾任山西省文学艺术界联合会、省作家协会副主席等职。有《孙谦文集》五卷本留世。

西　戎

暑热尚未退去,这座位于黄河之曲的山城却已有了初秋的凉意。

汽车沿盘山公路驰入县境。映入眼帘的山山峁峁,一片浓颜绿裹。天空湛蓝,空气清爽,大自然延续生命的绿色,让人满目舒润。

四十五年前我来过这里,走的是一条沿黄河蜿蜒上下的崎岖小路。留在记忆里的印象不佳,光秃秃的山岭,蔽日的风沙。我想像中的膏腴之地,竟然是这样一片让人睁不开眼睛的风沙荒丘。有民谣曰:"河曲保德州,十年九不收。"山不长树,地不长草,比比黄沙,处处沟壑。人们无法从事农桑,只有下河扳船卖苦力或流浪口外,漂泊谋生。一代一代,苦难的日子犹如黄河浊流,割不断也流不完。

四十年的人世沧桑,这里山变了,水变了,地变了,人变了,昔日的黄土沙丘,变成了闪耀在黄河之曲的一颗绿色明珠。

我喜欢河曲,更喜欢这里的海红树的性格:它耐寒、耐旱、生命长、果实多,一代一代,在这块贫瘠的土地上,它以自己的果汁,滋润着黄土高原山民们的心田。人们尝惯了酸涩,但最终留在人们心中的将是海红果的一片香甜。

——摘自《西戎文集》第四卷《河曲一瞥》

西戎(1922——2001)　当代作家。生前曾任山西省文学艺术界联合会副主席,山西省作家协会主席,山西省人民代表大会常务委员,《火花》、《汾水》、《山西文学》主编等职。有《西戎文集》五卷本留世。

束 为

　　河曲县有两大特点:一是吃糜米酸捞饭,二是民歌多。那里的群众能歌善舞,是歌舞之乡。不仅曲调繁多,而且歌唱者大都会临时编词。甚至在和你谈话时也会即兴吟唱起来。这一点引起我极大兴趣。1943年1月,我怀着新奇的想法上了路。从兴县经保德,一路上可以尽情观看黄河两岸的风光,不知不觉就到了河曲了。

　　河曲,果然名副其实。县城处在黄河边上,三面环水,真是天设地造的好去处。奔腾的黄河流到这里,迎面是河西府谷县的高山,在那高山的逼迫之下来了四个急转弯,把那座河曲县城留在一个小小的河套之中,山、水、城池,还有那众多的落了叶的小红果树,实在美得很哪……

　　　　　　　　　——摘自《束为文集》第二卷《月光下的狂欢》

　　束为(1918——1994)　当代作家。1943年在河曲县写出第一篇小说《租佃之间》。生前曾任山西省文联主席,兼任党组书记等职。有《束为文集》三卷本留世。

向 往 河 曲

张 平

作者与张平1999年摄于广西

我和治国兄长结识多年，最早时他是《山西文学》小说编辑，我还在大学读书。我的一些早期作品发表后，他曾给予很高评价和很多鼓励。我们曾经漫步临汾街头，谈文学，谈人生，那时候觉得他热情爽朗，颇有兄长风范。

以后他在鲁迅文学院和北京大学读书，时有问候，也经常介绍一些刊物编辑向我组稿，见面不多，心是相通的。

前几年，我们一起去广西采风，白天参观游览，晚上同住一室，治国兄谈得最多的，是他的家乡，是规模宏大的走西口。我们都熟悉黄河，他的家乡在河之北，我的家乡在河之南，相距千里之遥。地域不同，历史文化也不同。他给我讲晋西北的走西口，我听了之后大感震惊。这段历史虽早有耳闻，但其历史之长、行程之苦、影响之大，令我久久不能忘怀。

最近，治国兄说他经几年辛苦，将家乡上万首民歌整理出来，感觉像是完成人生一件大事。他说那是一部凄楚动人的伟大史诗，总有一天人们会认识到这些民歌的意义和价值。

我再次感到震撼。在大瑶山、在漓江，在好多场合，我多次听治国兄引吭高歌，唱他家乡的山曲儿，原以为是兴之所至，应酬而已。不想他是在用心吟唱一段蒙汉历史、边塞风情。

我知道河曲是民歌之乡，但我真不知道那里有这么多民歌。一个小县，民歌上万，这是一种独特的文化现象。倘若不是走西口，何来万首动人歌——我向往河曲！

倘有机会，真想去河曲听一回民歌。

张平　当代作家。现任民盟中央副主席、全国政治协商会议常务委员、中国作家协会副主席、山西省作家协会主席、民盟山西主委等职。

走 西 口

雷 加

作者与雷加　1992年秋,北京

走西口,我以为它是人世间最情长不过的一首民歌。四十年代我在大西北听过它,进入八十年代中期,我还经常听到它。最初在农村,后来在城市。它经久不衰,歌的生命胜过人的生命,竟是越唱越年轻,越有激情。

走西口这首民歌,唱的是多少年来走西口源源不断的人流。他们春天去秋天回,很像由山东去东北经商的学徒生活。

这股汹涌的人流常年不断。既然是十年九不收,每年都会有人走西口。走西口至少有几百年了。一种现象的产生,总是源远流长,由它再编成歌曲,更非一朝一夕的事。

当年河曲人从家乡带走了贫穷,同时也带走了农业技术和文化。凡是走西口的人都有一股英雄气概,我想可以列出一张英雄榜来。

可惜年代久远了，目前的社会到处都可以发财，没有人再走西口了。当年走西口的人散居各地，已经年老体弱，寥若晨星了。

黄河隔开两岸，而又互相同化。内蒙古西部民歌有异于内蒙古东部的长调。而西部鄂尔多斯歌曲节奏明快，与山西民歌腔调相通。

看来，黄河在这块土地上流过，不但不是天险，倒是一条文化交流的纽带。

——摘自《山西文学》1988年10月号雷加著《走西口》

雷加　当代作家。辽宁丹东人。曾任延安文化协会秘书长、延安文艺界抗敌协会理事、辽宁省安东（今丹东）造纸总厂厂长。1950年后，历任三门峡工程局党委办公室副主任、轻工部办公厅副主任，作协北京分会副主席、顾问等职。

145

话 说 走 西 口

冯苓植

……遥想当年，西口外尚是一片"天苍苍，野茫茫，风吹草低见牛羊"的神秘世界。红柳滩，茇茇林，极目难尽的草原丛莽似仍处处散发着野性的气息。虽属中国神圣领土的一部分，但由于关山阻隔却缺少与内地交

流。除了昭君的青冢独守塞外，千年来好像总是后继乏人。终于，一曲"哥哥你走西口，小妹妹也难留"响起了，随之茫茫的荒野上便闪现了一个又一个山西人凄苦的身影。虽然仍不免"泪蛋蛋扑簌扑簌往下流"，可又见有几个半途而废回去"紧拉妹妹的小手手"呢？

哀哀婉婉的《走西口》唱了近百年，竟在西口外唱出个新天地。是悲歌？还是壮曲？很难一言而尽。却只见为开发边疆做出的不可磨灭的贡献。难啊！须知"要吃口外饭，就得拿命换"。但由初期的"瓢舀鱼，棒打雁，烧红柳，吃白

面"的半原始生活，还是逐步使海海漫漫的丛莽深处出现了一户户人家、一处处村落、一道道沟渠、一片片林网，以及绵延千里的肥沃田野。可以说，当代世界第二大灌溉水系——河套灌区——就是在《走西口》年复一年的歌唱中形成的。当然，其间还有陕西、河北等其他省籍走西口者的血汗，当地的少数民族也功不可没。

我是山西人，现仍在草原上写作，当属走西口之列。算起来，从我祖父到塞北搞"实业救国"直至我的小孙孙呱呱坠地，已是历经五代了。山西有我的根，内蒙有我的家。两情依依，均难割难舍。

泪蛋蛋后隐藏着什么？水滴石穿的力量！

——摘自2001年12月9日《忻州日报》

冯苓植　当代作家。中国作家协会全委会委员，原内蒙古作协副主席。

147

抱 愧 山 西

余秋雨

　　我在山西境内旅行的时候，一直抱着一种惭愧的心情。

　　长期以来，我居然把山西看成是我国特别贫困的省份之一，而且从来没有对这种看法产生过怀疑。也许与那首动人的民歌《走西口》有关吧，《走西口》山西、陕西都唱，大体上是指离开家乡到"口外"去谋生，如果日子过得下去，为什么要一把眼泪一把哀叹地离乡背井呢？

　　（在走过山西之后），我怀疑我们以前对这首民歌的理解过于肤浅了。我怀疑我们直到今天也未必有理由用怜悯、同情的目光去俯视这一对对年轻夫妻的哀伤离别。听听那些多情的歌词就可明白，远行的男子在家乡并不孤苦伶仃，他们不管是否成家，都有一份强烈的爱恋，都有一个足可生死以之的伴侣,他们本可过一种艰辛却很温馨的日子了此一生的,但他们还是狠狠心踏出了家门,而他们的恋人竟然也都能理解,把绵绵的恋情从小屋里释放出来,交付给朔北大漠。哭是哭了,唱是唱了,走还是走了。我相信,那些多情女子在大路边滴下的眼泪,为山西终成"海内最富"的局面播下了最初的种子。

当我看到山西电视台拍摄的专题片《走西口》以大气磅礴的交响乐来演奏这首民歌时,不禁热泪盈眶。

何谓山西商人?我的回答是:走西口的哥哥回来了,回来在一个十分强健的人格水平上。

——摘自余秋雨著《文明的碎片》 春风文艺出版社出版

余秋雨 当代学者。曾任上海戏剧学院院长,上海写作协会会长等职。

河曲海潮庵

回 味 河 曲

杨茂林

　　河曲县群山逶迤，曲水怀抱，"曲则有情"，是一块风水宝地。在古代，地处边陲的河曲，战争频仍，使人民经受了磨炼，也促进了汉民族与北方游牧民族的融合。土地贫瘠，十年九旱，男人离土谋生"走西口"，女人勤俭持家"挖苦菜"。河曲县城关曾是号称"小北京"的水旱码头，是晋、陕、蒙三省区的商品集散地，相当繁华。北京、天津时兴什么衣着，这里也很快会时兴起来。由于河曲人与外界交往较多，思想比较开阔，历来十分重视文化教育。糜米酸饭、豆腐菜、荞面碗托，以及那又甜又酸的海红果，又沙又甜的大西瓜，养育了勤劳勇敢、坚定乐观、能歌善舞、热情好客的河曲人。

我历数河曲古今人物，感觉河曲男子具有外圆内方、外柔内刚的性格特点。而河曲的女性，举止大方，温柔贤淑，更具有阴柔之美。

我爱河曲，我更爱河曲人。多少年来，我无数次到河曲体验生活，和河曲人结下不解的缘分。河曲人不论男女，说话都像唱歌一样好听。河曲，值得我长久地回味，也值得我向朋友们夸耀。没有到过河曲的人，只要踏上这块古老而神奇的土地，我相信你也会爱上它的。

——摘自2001年10月8日《忻州日报》

杨茂林　国家一级作家，曾任山西省忻州地区文联主席等职。

河曲文笔

为走西口的哥哥正一正名

王文才

既生在河曲，又身为男儿，不在西口路上留下几个属于自己的脚印子，那才叫做是终身遗憾事。倘若走西口而又有过历险或者艳遇，那就更不虚此行，是足够一辈子傲视于人的话题。

作者与王文才　摄于 2006 年阴历七月十六日

我的哥哥十八岁上走西口，坐大船，过草地，带着一块雨布闯天下，最后终于将雨布改变用途做成了要饭袋子行乞回家，可本人照样神气不减，乡人照样刮目相看，照样获取了足够一辈子述说的新鲜话题，照样捞取了足够一辈子受用的做人资本。

走西口的哥哥用自己的实际行动向传统的封闭意识中庸之道作了一次

公开的宣战和决裂。他们流过眼泪,但始终占据上风的是他们的阳刚之气而非儿女之情。余秋雨先生在他的《抱愧山西》一文中说:"走西口的哥哥回来了,回来在一个十分强健的人格水平上。"我的学兄、河曲籍作家燕治国先生曾经这样深情地描述过走西口的情景:"马头琴声响起来。二人台小曲唱起来。手扒羊肉端上来。滚烫的奶茶喝起来!有过无尽的苦难,也有过酣畅的欢乐!在苦难和欢乐之中,一代代河曲人繁衍生息在成吉思汗的家园……"

　　一曲《走西口》,用松脂般凝重的艺术泪滴,把关于走西口的苦与乐,地域上的汉与蒙熔铸成了一枚颇具历史分量感和明晰度的琥珀化石,它是历史的一瞬,也是历史的永远。

　　　　　　　　——摘自王文才著《沉吟的母亲河》　作家出版社出版

　　王文才　作家,诗人。曾任中共河曲县委常委、常务副县长。现任忻州市西口文化研究会常务副会长。

河曲龙口

也 说 走 西 口

张石山

在走西口的历史洪流中,不乏冒险闯荡,成就了新的人格。或有幸成功,创造着辉煌业绩。当然,也不乏背井离乡,穷困潦倒。更多见抛妻别母,骨肉离散。千百万人的情感经历,糅合酝酿,呼唤呐喊,为民间史诗《走西口》的出现奠定了坚实的创作基础。

——当然,还有这里成千上万首民歌山曲儿。这里的民歌野性十足。与水土流失的地貌相协调,刺激、粗粝,天高皇帝远,无法无天。又仿佛贫瘠的大地上顽强生存的沙棘枣刺,给一派蛮荒增添了丝丝生机。

在河曲,在家乡,《走西口》唱出了千百万母亲妻子的歌哭。在内蒙,在口外,《走西口》唱动了刚强汉子们的铁石心肠。

丝弦如锯,拉扯着人们的心尖。笛声呜咽,如泣如诉。

痛定思痛。

距离造成了审美。

《走西口》在黄河的这一个大转弯上，在晋陕蒙交界地带，盛演不衰。凝聚了已成过去的历史，固化了曾经的浓烈情感。

《走西口》，终于成为纪念"走西口"的一座民间丰碑。

————摘自张石山著《洪荒的太息》 中国青年出版社出版

张石山　国家一级作家。曾任山西省作家协会副主席，《山西文学》主编。

西口渡船

山曲曲得吼

韩石山

民歌是文雅的说法，山西的老百姓，主要是晋西北一带，都叫山曲儿或是山曲曲。电影《黄土地》的字幕上说是"酸曲儿"，那是听错

作者与韩石山(左)、秦溱(右)

了。陕北和晋西北地土相连，民风相近，那边叫信天游的，这边就叫山曲儿。

山西作家中，有几位唱山曲的高手，一位是张石山，一位是燕治国。张石山的老家是盂县，靠着左权县，左权就是出山曲的地方。燕治国老家是河曲，那个曲是河拐弯的意思，也不妨理解为"河曲儿"。除了张、燕二位，能吼几嗓子的人就多了，比如在下，虽说五音不全，一点都不妨碍曲儿不离口。

或许是爱唱的人多，或许是一方水土一方人，就这个德性，山西的作家们聚会，不管是三四个人的小酌，还是多少人围上一桌，只要环境允许，酒酣耳热之际，总会有人跳起来大喊一声："吼两嗓子吧！"

今年夏天我和《山西文学》编辑部小鲁一起去北京办事，顺便去《北京文

学》看看,赵金九先生请客,北京的朋友们只会说个小故事什么的,小鲁听了不过瘾,说,我来给你们唱首歌吧。小鲁也是河曲人,天生的一副好嗓子。先唱了一首小曲儿,词儿是这样的:

对面的圪梁梁上那是一个谁,
那就是要命的二小妹妹!
妹在那圪梁梁上哟哥在沟,
亲不上那个嘴嘴哟你就招招手!

北京的朋友听了大为赞赏,连声说这才是真的文学作品。

——摘自2000/09/12《天津日报》

韩石山　国家一级作家。山西省作家协会副主席。曾任《山西文学》主编。

烽火台

唱不尽的走西口

鲁顺民

一曲《走西口》让河曲县名播海内。河曲县是《走西口》诞生的地方，而县城西门外的西口古渡正是走西口的一个重要水上通道。

在清代和民国初年，河曲县城是晋西北重要的商贸码头，上通包头，下抵碛口，由包头镇运来的粮、吉蓝泰盐、皮毛和本地出产的煤炭，或在此集散，或下运保德、兴县、碛口，南来的茶、绸缎和铁器则由此上运，

为晋省商家业务北进的水路要冲。旧志称，当时的河曲县城"一年似水流莺啭，百货如云瘦马驼"……码头之上，每天都有南来北往的上百只大船泊靠，而码头周边的三四个村落则是船工们聚居之地。橹声和着涛声，淘洗出一座秀美的塞外小城。

而如今渡口下面的渡船和货船早已随风而去，化在历史的尘烟之中。替代船桅林立景象的，则是开在船上的饭店和红红绿绿的游船。岸上曲调悠扬，水里灯炬齐明，黄河像几千年几百年前一样，拍打着古渡码头的石头，搓揉

着,回旋着。让人怀想起久远的桨声和灯影,桨声和灯影里仿佛走来赤脚的船汉,卷起帐篷和绳线,他们的肩上扛着橹棹和撑杆,扛着亲人的期盼与担心,上岸了。

——摘自鲁顺民著《山西古渡口——黄河的另一种陈述》 辽宁人民出版社出版

鲁顺民　当代作家。河曲人。现任《山西文学》副主编。

159

河曲护城楼

漫 话 西 口 文 化

贺 政 民

　　西口文化，从起因上看，是一种苦难文化。然而从结果上看，则是一种和谐文化。它比昭君文化更深刻，更广泛，更具有文化效应。昭君文化是以帝王为主体，而西口文化则是以千百万人民大众为主体。

　　走西口，从主观上讲，是晋陕人民的一种无奈的选择，是一种极不和谐的阶级对抗的声音。然而就其客观效果而言，走西口却是一个伟大的创举。它创造了中国历史上不曾有过的两个民族(蒙古族与汉族)、两种文化(游牧文化与农耕文化)的有机的和谐。内蒙古是以蒙古族为主体、汉民族为多数的民族自治区，西口文化是蒙汉人民共同打造出来的文化。包头、呼和浩特、鄂尔多斯、河套地区均在西口文化的范围之内。打造文化大市，如果只有主体文化、主流文化的融入，而没有西口文化的融入，就失去了城市文化的完整性，从而失去了文化的完整性。

——摘自贺政民在城市文化研讨会上的发言

贺政民　当代作家、书法家。祖籍河曲。曾任内蒙古伊克昭盟文联副主席、鄂尔多斯羊绒集团公司党委副书记等职。

西口风景

走西口的男人

燕治国

走西口的男人跨越黄河，穿过沙漠，撑不住的倒下了，撑住的继续往前走。一旦踏进广袤的蒙古荒原，他们就像种子一样撒落开来，任风沙怒吼，任暴雨敲击，总是要生根发芽，总是要挺起腰杆活下来！三春期修罢河堤，便要开犁垦荒了。一望无际的河套沃土，正是展示他们庄稼把式的绝好场地。砍去丛生的荆棘，一堆堆野火生起来。拓荒人脸上呈现出朝圣者一样的虔诚与向往。千里荒原，与狼为伴。白天受的牛马苦，到夜晚拖着沉重的双腿，钻进潮湿的地窖子里。一支支凄婉动人的山曲儿，正是在地窖子里创造出来的。"走沙滩来睡冷地，跑口外的哥哥受了罪"。受了罪还得走，说两句受罪的话，是让小妹妹心里牵着挂着，别把哥哥忘记了。

秋后回来时,走西口的男人骄傲的像一个国王。还说西口路上的艰难险阻吗?不说了!还说西口外难挨的苦楚吗?不说了!留够了吃的,将馀下的糜米粜出去,穿的有了,用的有了,一世界的欢乐都有了。喝它一壶烧酒,过它一个大年,待到黄毛春风刮起来,拔腿再走。

走西口是一部波澜壮阔的流浪史和创业史,一部蒙汉民族的交融史,一部西北地区苦涩而浪漫的民歌史……

——摘自燕治国著《人生小路》 北岳文艺出版社出版

163

河 曲 风 情

燕治国

164

黄 土 山 · 黄 河 水

家乡的山头上,不长庄稼,长的是烽火台。无数的小村庄,散落在大山的缝隙里。譬如一位慵懒的大嫂,将一把碎米随意一撒,三五粒在山坳里,三五粒飘到了山坡上。几缕炊烟,生出来几户人家。或傍山挖窑,或依水搭屋。一代代繁衍开来,聚成一个小小的县份。

一河流水,将半个河曲轻轻地拥在怀里。河两岸人家,相处得极为和美。自烽烟散尽,蒙汉秦晋人家结把子拜弟兄,直至儿女联姻,有着万辈子掏不断的情分。两岸山上的山曲儿,随着晚风飘过来再飘过去。

我们村叫赵家口,村前一溜土山,村后一湾河水。白日里山影儿栽到河里,正好给河里的扳船汉们遮荫凉。到了夜晚,山把河水遮成墨锭一般。

村子后面，正对了娘娘滩。那里是九曲黄河中唯一有人烟的岛屿，滩上居住着汉将军李广的后裔。李家人供奉了祖先的牌位，活得怡然自得，有滋有味。

清晨，河边总是弥漫着浓厚的雾岚。吸一口，无数细碎的水坠儿扑到唇边，舌头一舔，一缕香甜便款款地涌进胸腔里。若是到了夜晚，河水益发柔得可人。月儿挂在中天，一河流水，缓缓往前流去。河边总是泊了几只木船。扳船汉走城串村找女人，剩了木船，被一支尾棹逗得一悠一悠，或者是船腰撞着了，发出"空"的一声响；或者是木船分开了，水便哗哗地吟唱着，手拉着手儿漫上河岸来。

夜深人静时，能听到丝线般柔和的山曲儿声。再往后，便是一夜河水涛声，拍打着河边的人们睡着了。

女儿家·汉子们

河曲县城曾经是繁华的水旱码头。南来的水烟茶布糖，北来的马牛骆驼羊，都从码头周转运送。正所谓一年似水流莺啭，百货如云瘦马驼。小小县份，成就了一代晋商，也滋润出来无数的好男好女。比如女儿家，一个比一个俊俏，一个比一个水灵。她们说话，牙尖儿咬了舌尖儿，调门儿再轻再柔不过。眼里头流出来千娇百媚，能将铜头铁汉化作一堆泥、一摊水、一个听话的乖孩儿。多少拖鼻涕的黄毛丫头，突然间就长大了。淡黄稀疏的头发，像是经了神仙的点化，不晓得在哪时哪刻，变得黑缎子一般。胸脯也就挺起来，把小褂儿撑得满满。脸上细嫩的茸毛，也就悄然褪去了，脸蛋儿光洁圆润，一如满月一般。一颦一笑，撩得男人心头上窜起无数的火苗儿。

小县的闺女们，是一池晃动的春水，是游走在池水里头的一尾鱼。

几百年来，多少女儿家为情爱轻生，一旦男人走西口没了音讯，便"扑嗵嗵"地跳崖跳黄河，把四山父老惊得眼睛直了，心也碎了。

小县的男人，大都人高马大喜逗爱唱。走西口那会儿，或垦荒种地，或撑船拉骆驼，臂膀上鼓起来一团团腱子肉。如今不走口外了，依然会唱当年的歌。待到月儿斜挂在山尖子上，后生们拉开嗓门唱曲儿，闺女们便敛了声息，拉长了耳朵听。一字一句,犹如是窜动的火苗儿,立马把女人心中的火引着了。

走口外·挖苦菜

走口外的人春出秋回。每年三春期黄毛旋风刮起,男人们便离别亲人,义无反顾地渡过黄河,走进黄沙漫漫的库布齐沙漠。到了秋天树叶儿落完,男人们撑着羊皮筏子回来了,万千山里女人站在河边等汉子,喊声惊起一河波浪,把河神庙上的风铃儿震得"叮当叮当"地紧着响。

把羊皮割开来,装的都是后套的糜子米。老婆们看一眼男人,看一眼玛瑙似的糜子米,不由就哭作一团:好我的人儿哩,我那受罪的哥哥!想来是熬断了骨头,才赚回来这救命的吃食,我那惹人疼的哥哥!便觉得小肚子发紧,只想尿,恨不得将自家身上的每一块肉,都让汉子吃了

若是男人没回来,老婆们便跪在河畔死等着。等了一拨儿,再等一拨儿,直至得着准讯,或说是男人得病身亡,或说是回来路上让土匪断送了性命,女人哭得死去活来。有性子刚烈的,喊一声我那老天爷爷呀,纵身跳进黄河里。

走口外的人若是病死他乡,棺木先用沙厝着。待到世道好些,尸体干了,棺木轻了,便用牛车送回口里来。棺头蒙着红布,棺前拴一只活公鸡,送灵的人一路上喊着死者姓名,不断声地说回哇回哇咱回哇,迎灵的人则跪着哭应道:回来了,亲人你可回来了……

男人走口外,女人在家看守几眼破窑,侍弄几分薄田。粮食不够吃,便去野地里挖苦菜。回家来拣过洗过用开水焯过,再用井水湃凉了。吃时候浇一滴麻油,先是酸得倒牙,然后苦得咋舌。

我们那里把这种苦命的女人,叫做"把家虎虎"。

山曲儿·土话儿

家乡万千首山曲儿,有好多好像是男人编出来的。人到了口外,白天受的牛马苦,夜里住在地窨子。想起来老婆娃娃,哪里还能睡得着?眼珠子盯住

秫秸秆,先编一段走口外的苦楚,随后便替妻子作答:还说妹妹不想你,泪蛋蛋好比连阴雨。还说妹妹不想你,半碗捞饭泪泡起……

口里的媳妇儿,无论年纪大小,白日里手扳烟囱瞭汉子,一瞭一道荒山,一瞭一湾流水。夜来孤灯一盏,清泪两行,又有一番凄苦。于是也编出来无数思念男人的山曲儿。还有村里村外偷油的耗子偷花的贼,夜里跳墙进院,也要偷声偷气地唱,快要干枯的女人们,终于抵挡不住了。

河曲山曲儿,得用当地的土话儿唱。若是不懂土话,很难读懂那些凄美苍凉的歌。

家乡土话儿一是喜用叠字,比如毛眼眼,说的是双眼皮;比如海红红,则表示对这种水果的喜爱。别的地方也用叠字,但大多是对孩子说的。而在我的家乡,对大人也这样说话。

此外是亲昵的骂人话。比如枪崩货、没头鬼、传不死鬼等等。瘟疫都传不死,自然是白头偕老、皆大欢喜了。

还有一类土话,乍听很粗,细究起来十分文雅。比如看见闺女可亲,便说"奴人儿"。媳妇子漂亮,就夸她"袭人儿"。若是心疼人,便双手合十,说"不当人子了"。说拿来是拿将来,傍晚是黑将来……

河曲话说起来,轻巧流畅,情感丰富。男女调逗时,山曲儿加上土话儿,多少意思都装在里面了。

——摘自燕治国著《人生小景》 百花文艺出版社出版

娘娘滩

黄河风情,大漠绝唱

——赠治国

钟声扬

（一）

黄河自天而降,一头撞在大青山上,怒而南下,轰隆隆劈开晋陕大峡谷。在河曲拐弯儿处,亮开嗓子,向满山遍野,呼啦啦喷洒出难以计数的民歌、山曲儿——这里的每块青石,每抔黄土,每片绿叶,每朵山花,都会哼山曲儿,唱民歌。历史风云，春秋际会，千百年来，千歌万曲在这里汇成了山曲儿的摇篮，民歌的海洋。一方水土，一方人。正是晋陕蒙这块奇特的金三角，不仅孕育出了一代又一代的俊男靓女，而且唱出了一曲又一曲感天动地、泣鬼惊神的"走西口"。

（二）

历史，是人民的智慧和创造。民歌山曲儿，乡间歌谣，属于非物质文化遗产范畴，它是人民的心声、大地的文脉。

民风、民俗、民谣、民歌，是伟大的民族文化的鲜活的胎盘。那些有远见的政治家、文学家和社会学家，历来都非常重视民歌、民谣和山野小曲儿的搜集、整理与传承。

众所周知，孔子之于"诗经"，屈原之于"楚辞"，以及"乐府"等等，灿若明星，其实都是特定时空背景下的民歌、民谣和山野小曲儿的加工、锤炼和提纯的结晶。

鄙弃民歌者，诚然是弱智的表现。

听不到民歌的民族，是悲哀的民族。

（三）

存在决定意识，意识指导行为。事有奇巧。那年初夏，正当我开始这个课题的研究时，突然看见从黄河岸边那山圪梁梁上，迎面走来一条丈八高的文化大汉——他挑着担子，提着篮子，挎着袋子，风尘仆仆地站到了我的面前。

我的心一震，眼一亮，脱口问："此中内装何物？"

"民歌、山曲儿，历史和文化。"他抹了抹汗，神秘答道。

我问："这些宝贝都是从哪里弄来的呢？"

他说："从土梁上，石头下，沟底里，草丛间——从人们的哭诉、眼泪、呼救、企盼、呐喊，和大漠长风，黄河涛声中，一颗颗、一粒粒、一枝枝、一叶叶、一点点、一滴滴，挖出来，拣起来，淘洗出来的。"

"将欲何往？"我又问。

"还给生活。"他坦然地说。

——此何许人也？

哦，好人燕治国！

（四）

2005年8月中旬，我应邀参加山西省作家协会组织的一次文学创作评奖会。

午休时，文化大汉破门而入。我们之间实现了第二次握手。这次，他带来的题目是：关于万首民歌集《西口情歌》一书的编辑与出版。我心想，果然文化大汉，不仅个头高，而且水平也高。

《西口情歌》，是三晋大地的一通文化丰碑。

我为治国的文化自觉精神所感动。详谈之后，冒昧地向他提出了几点建议：

1、尽快与省三晋文化研究会取得联系，争取领导的理解、支持和帮助。

2、规范人物情感逻辑。大致可以分为五段，即萌情→成眷→送别→思念→团圆。以此形成波澜起伏的情感江河，构成气贯今古的史诗规模。

3、标注方言土语，以强化民歌特有的地方韵味。

治国点了点头，甩开长腿，跨出了南华门东四条。但这次不是走西口。我分明看见，阳光下，这条文化大汉，正沿着伟大的时代轨迹，与黄河一起，去继续他的大漠绝唱。

钟声扬 国家一级作家、诗人。原朔州市人大常委会副主任。现任中国散文诗学会副主席，朔州市三晋文化研究会会长。

走西口（摘录）

家住在太原，
爹爹名叫孙朋安。
所生下我一枝花，
起名就叫孙玉莲。

玉莲我一十八岁整，
刚和太春配成婚。
好比蜜蜂见了花，
倒叫玉莲喜在心。

正月里娶过门，
二月里你西口外行。
早知道你走西口，
那如咱们不成亲。

哥哥你要走西口，
小妹妹也难留。
止不住那伤心泪，
一道一道往下流。

哥哥你一定要走，
小妹妹实难留。
怀抱上那梳头匣，
我给哥哥梳一梳头。

哥哥你要走西口，
小妹妹实在难留。
手拉住哥哥的手，
送你送在大门口。

哥哥你要走西口，
小妹妹实在难留。
有两句知心话，
牢牢记心头。

走路你要走大路，
可不要走小路。
大路上人马多，
好给哥哥解忧愁。

路上你歇息，
可不要靠崖头。
那千年的崖头，
单怕一出溜。

173

河里水长流，
过河你走后。
不知水深浅，
让人家前头走。

坐船你要坐船心，
你不要坐船头。
恐害怕那风摆浪，
摆在哥哥河里头。

住店要早住，
要走迟些走。
路头呀路脑，

小心贼人刁。

吃饭你要吃热，
生饭冷饭不美口，
你吃下个头疼脑热，
你叫人家谁伺候？

哥哥走西口，
你不要为朋友。
为下那野溜溜，
恐怕你忘了奴。

有钱是朋友，
无钱你两眼瞅。
总不如小妹子，
年长又日久。

哥哥走口外，
玉莲我挂心怀。
但愿他平安无事，
秋后早回来。

附注：传统二人台演唱剧目《走西口》，编者接触过四种版本。其一为清光绪十一年（1885）手抄坐唱本——即卖唱艺人"打坐腔"版本。其二为清光绪年间（1875-1909）化妆对唱版本。其三为编者1995年在内蒙古自治区巴彦淖尔盟采访时所听到的可以唱一天一夜的民间传唱本。其四为后来舞台演出的戏曲本。本附录将第一第二种版本糅合在一起，供读者参考。

传统二人台小唱

走出二里半

走脱二里半，
扭回头来看。
我瞭见小妹子，
还在房上站。

一溜簸箕湾，
下了大河畔。
西门外上大船，
丢下我命圪蛋。

一过台子墕，
瞭不见河曲县。
盘算起小妹妹，
怎扔下我毛眼眼。

头一天住古城，
第二天住纳林。
第三天相思病，
害在那喜家坪。

上了马场壕，
遇了个饿狼嚎。
一黑夜没睡着，
第二天赶紧跑。

到了乌拉素，
拣了块破白布。
进了店房门，
补一补烂皮裤。

走过沙蒿塔，
拾了块烂瓜钵。
拣起来啃一口，
打凉又解渴。

上了新民堡，
看见红市布。
买了二尺五，
缝了个讨吃兜。

到了西包头，
碰见个二姑舅。
你给我那巧手手，
捎上两块儿哈达绸。

上了珊瑚湾，
见了个鞑老板。
说了两句蒙古话，
吃了两颗酸酪丹。

到了珊瑚河，
遇了个鞑老婆。
要了两块糠窝窝，
还认我干哥哥。

住了蒋白店，
要了碗生荞面。
吃的我肚子坏，
拉稀跑茅圈。

住了长牙店，
住店没房钱。
叫一声长牙哥，
可怜一可怜。

上了五原县，
挣饭没工钱。
到处无生路，
心如滚油煎。

刮出嘉峪关，
两眼泪不干。
思想起小妹子，
心呀心不安。

走西口路程歌

头一天住古城，
走了七十里整。
路程不算远，
跨了三个省。

第二天住纳林，
碰见几个蒙古人。
说了两句蒙古话，
甚球也听不懂。

第三天翻霸梁，
两眼泪汪汪。
想起家中人，
痛痛哭一场。

第四天沙蒿塔，
拣了个烂瓜钵。
拿起来啃两口，
打凉又解渴。

第五天珊瑚湾，
遇见个鞑老板。
问一声赛拜奴，
给了碗酸酪丹。

第六天乌拉素，
扯了二尺布。
坐在房檐下，
补补烂皮裤。

第七天长牙店，
住店没店钱，
叫一声长牙嫂，
可怜—可怜……

走西口受苦歌

在家中无生计西口外行，
一路上数不尽艰难种种。
东三天西两天无处安身，
饥一顿饱一顿饮食不均。
小川河耍一水涉断儿根，
翻霸梁刮旋风两眼难睁。
住沙滩睡冷地脱鞋当枕，
铺竹芨盖星宿难耐天明。
上杭盖掏根子自打墓坑，
下石河拉大船驼背弯身。
进河套挖大渠自带囚墩，
上后山拔麦子两手流脓。
走后营拉骆驼自问充军，
大青山背大炭压断板筋。
蒿塔梁放冬羊冷寒受冻，
遇传人遭瘟病九死一生。
收倒秋回口里两眼圆睁，
防土匪捅刀子送了性命。

　　注：此歌在民间多年口头传唱，后经河曲学者周少卿和诗人王九雄先生
精心修改后载入新编《河曲县志》。

漫 瀚 调

鄂尔多斯的歌

漫瀚调调夹荤又带素，
一阵阵把你的魂迷住。

满天星宿勾勾月儿，
漫瀚调调的小名叫山曲儿。

山曲儿出在山里头，
不唱两句水不流。

爷爷娘娘好嗓嗓，
十八岁唱到八十上。

我大我妈爱唱曲儿，
成亲没花过一分钱儿。

1. 漫瀚调调蒙汉人编

漫瀚调调蒙汉人编，
嘴对嘴唱了多少年。

漫瀚调调蒙汉人唱，
祖宗的传教咱不忘。

漫瀚调调脆铮铮音，
蒙汉本是亲上亲。

漫瀚调调是那抱头头树，
它把蒙汉弟兄的心拴住。

绵羊山羊长角角羊，
漫瀚调调出在南沙梁。

白羊黑羊五花花羊，
漫瀚调调出在咱嘴嘴上。

漫瀚调调有甜又有酸，
一阵阵把你的小腿腿拴。

2. 自古唱曲儿不用学[1]

男：天上的星星地上的草，
　　自古唱曲儿不用学。

女：天生的嗓嗓天开的窍，
　　自古唱曲儿不用教。

185

---

[1] 学：读xiāo音。

男：一不用胡琴二不用枚，
　　截沟沟唱曲儿嘴对嘴。

女：流过一股泉水刮过一股风，
　　翻山山唱曲儿心连心。

男：胡麻臭芥大榨油，
　　山曲儿里头甚也有。

186

女：羊头羊肚羊杂碎，
　　山曲儿是一锅大杂烩。

男：二饼子牛车拉大炭，
　　不唱山曲儿走得慢。

女：倒坐炕塄纳大底，
　　不唱山曲儿针间稀。

男：不淘水井吃不上水，
　　不唱山曲儿见不上你。

女：水井头吊水沉不见底，
　　不唱山曲儿品不见你。

男：娶亲聘妇戚人[1]稠，
　　不唱山曲儿不喝酒。

女：生时满月吃喜糕，
　　不唱山曲儿肚不饱。

男：山沟山洼见面难，
　　山曲儿是一只渡口船。

女：山沟山洼难见面，
　　山曲儿是一根牵魂线。

男：我爱唱来你爱听，
　　谁的肚肚头没个心？

女：你爱听来我爱唱，
　　小心噎在喉咙上。

男：松树柏树万年青，
　　谁会唱曲儿谁年轻。

女：兼草芦草灵芝草。
　　会唱曲儿的亲亲心不老。

[1] 戚人：客人。

男：我妈妈生成我二哒溜[1]，
　　　哪搭儿红火往哪儿走。

女：我妈妈生我众人爱，
　　　听见唱曲儿穿红鞋。

男：山沟沟长大脸皮皮厚。
　　　三天三黑夜唱不够。

女：沙梁梁长大省不得羞，
　　　谁会唱曲儿我跟谁走。

3. 唱曲儿没留下个单爪爪

女：一对对鸳鸯顺水漂，
　　　唱曲儿没留下个单爪爪。

男：一群群沙鸡馋凤凤飞，
　　　单唱曲儿难张嘴。

女：咱二人唱曲儿一搭搭站，
　　　不怕人家笑话不怕人家看。

男：咱二人唱曲儿一搭搭站，
　　　专叫人家听来专叫人家看。

女：咱二人唱曲儿一搭搭站，
　　　我不是你老婆你不是我汉。

男：咱二人唱曲儿一搭搭站，
　　　这阵阵就是老婆汉。

女：咱二人唱曲儿面对面坐，
　　　不唱个三五声你躲不过。

男：咱二人唱曲儿紧挨住坐，
　　　不唱几句酸曲儿不红火。

女：亲亲你唱曲儿不要酸，
　　　叫人家说咱是二坎坎[2]。

4. 咱二人唱曲儿头一回

男：拉起胡琴吹起枚，
　　　咱二人唱曲儿头一回。

---

[1] 二哒溜：指爱红火爱走动的人。
[2] 二坎坎：不精明、二百五。

女：头一回见面有点儿生，
　　管他生不生唱几声。

男：不唱三声唱两声，
　　叫人家还说咱没出过门。

女：不唱三声唱两声，
　　叫人家还说咱没见过个人。

男：亲亲你唱曲儿出了个名，
　　头一回见面面不生。

女：亲亲你唱曲儿出了个名，
　　三五十里有人听。

男：听说亲亲好口才，
　　远远路程访将来。

女：听说亲亲好口才，
　　不为唱曲儿我不来。

男：扬州打琴苏州枚，
　　亲亲不来红火谁？

女：别人不在哥哥在，
　　红火不在那人多殆[1]。

男：唱曲儿容易叠调调难，
　　红火上一阵解心宽。

女：叠调调容易编话话难，
　　一句话说差打烂船。

男：唱好唱赖你不要怕，
　　山曲儿越唱越胆大。

女：今天唱曲儿有点儿怕，
　　你给我说上几句壮心胆话。

男：前音音短来后音音长，
　　唱山曲儿不拿那尺尺量。

女：有心和亲亲唱几声，
　　沙哑哑嗓子不跟心。

男：白泥窑窑展展的炕，
　　淌心淌心抖开来唱。

────────

[1] 多殆：多少。

女：唱得不好嗓子赖，
　　还得亲亲你多担待。

男：三步远来两步近，
　　唱开山曲儿没尺寸。

女：大豆大来小豆小，
　　唱开山曲儿没大小。

男：咱二人本是那小娃娃，
　　唱山曲儿不怕人笑话。

女：咱二人本是那小娃娃，
　　唱十年还是个嫩芽芽。

5. 一提起唱山曲儿卖老命

女：敖劳不拉瞭见好赖湾[1]，
　　听见你唱曲儿腿腕腕软。

男：山药地里寄蔓菁，
　　一说起唱曲儿卖老命。

女：今天唱曲儿有点儿怕，
　　我的岁数没你大。

男：一不要害羞二不要怕，
　　唱上两句甚也短不下。

女：叫亲亲唱曲儿实在有点儿难，
　　就好比赤脚板板走冰滩。

男：吃了人家的茶饭喝了人家的酒，
　　不唱两声山曲儿怎介走？

女：碍口失羞眉脸脸红，
　　为朋友那山曲儿不好听。

男：管他好听不好听，
　　谁能灭了这人爱人？

女：你要说那为朋友好商量，
　　一说起这唱曲儿心有些慌。

男：前音音短来后音音长，
　　谁叫咱长了个好嗓嗓？

---

[1] 敖劳不拉、好赖湾：鄂尔多斯地名。

乙：为朋友要为放羊汉，
　　一天少做一顿饭。

甲：为朋友不为掏炭的人，
　　炕上的煤面子铺一层，

乙：为朋友要为掏炭的人，
　　脸黑牙白眼睛明。

女：相跟上来了相跟上走，
　　你先给小亲亲起上个头。

甲：为朋友不为打铁的人，
　　浑身上下尽窟窿。

男：牛㹀鸪叫唤唱起来，
　　咱把这为朋友唱起来。

乙：为朋友要为笨铁匠，
　　砸短捻长有忍让。

女：咱二人唱曲儿面对面坐，
　　不为交朋友图红火。

甲：为朋友不为当木匠的人，
　　一面斧子心不公。

男：满桌桌酒菜满家家人，
　　咱今天唱曲儿唱到明。

6. 蒙汉就是那姑舅亲

乙：为朋友要为巧木匠，
　　给亲亲安个活门框。

甲：为朋友不为庄户人，
　　穿两件衣裳不时兴。

甲：为朋友不为过路人，
　　绕一个眼花杳无踪。

乙：为朋友要为庄户人，
　　不会捣鬼实心心。

甲：为朋友不为放羊汉，
　　阴阳二面翻不转。

乙:为朋友要为过路人，
　　一分情义当十分。

甲:为朋友不为远路人，
　　不知道底里受煽哄。

乙:为朋友要为远路人，
　　常守在跟前不惹亲。

甲:为朋友不为口里猴[1]，
　　三春期来了九十月走。

乙:为朋友要为口里猴，
　　有来有去留想头。

甲:为朋友不为本村村人，
　　七老八少尽眼睛。

乙:为朋友要为本村村人，
　　遇上个坎坷有老人。

甲:为朋友不为老光棍，
　　破衣烂衫不紧俊。

乙:为朋友要为老光棍，
　　知冷知热好脾性。

甲:为朋友不为蒙古人，
　　脾气不好爱脸红。

乙:为朋友要为蒙古人，
　　可肚肚装得一颗心。

甲:为朋友不为汉族人，
　　三亲六故吆一群。

乙:为朋友要为汉族人，
　　七手八脚不求人。

甲:你爱蒙来我爱汉，
　　再辈辈咱两个颠倒转。

乙:你爱汉来我爱蒙，
　　蒙汉就是那姑舅亲。

7. 只要亲亲情意真

男:沙蒿阳蒿茵陈蒿，

---

[1] 口里猴:口里人。

哥哥我不知道说甚好?

女:仙桃寿桃歪嘴桃,
　　亲亲这牙缝缝不用你掏。

男:山里的旋风出不了沟,
　　满肚肚的心思张不开口。

女:镰刀勾勾月亮葛针勾勾云,
　　你要是说不出来托靠上个人。

男:哥哥有心搭一把手,
　　萝卜掏牙好拗口。

女:风摆浪来浪摆船,
　　尘世上没留下个女缠男。

男:话把子跌在你嘴里头,
　　丢人丢脸不值镂[1]。

女:野鹊鹊落在撑竿上,
　　为朋友你要心胆壮。

男:一疙瘩冰糖递在妹妹手,

引耍逗笑开了口。

女:一疙瘩冰糖手心心攥,
　　咋价开口你自盘算。

男:钻天鹞子开河鱼,
　　要为朋友二十几。

女:朽果子熬不成果丹皮,
　　时辰不到凭不来[2]你。

男:不交三天交两天,
　　不图红火图新鲜。

女:三天两天交新鲜,
　　三年二年交姻缘。

男:三年二年不算个事,
　　只要亲亲你有心思。

女:三年二年不算个交,
　　黑头要熬到白头老。

男:沙圪堵纳林[3]走了个遍,

[1] 不值镂:不值得。
[2] 凭不来:信不过。
[3] 沙圪堵、纳林:鄂尔多斯地名。

人人都说你好针线。

女：人人都说我好针线，
　　千补万纳缝了个遍。

男：一包钢针两包包线，
　　人情不重初见面。

女：只要亲亲情意真，
　　一根鹅毛不算轻。

男：穿穿戴戴我不爱，
　　你给咱缝上个烟口袋。

女：抽了水烟抽旱烟，
　　学下那灰毛病鬼不挨。

男：犁铧片片钻火镰，
　　庄户人共事一袋烟。

女：烟油嘴头子臭茅坑，
　　针线再好也不给你缝。

男：荷包包烟袋心里爱，

见不上妹妹情义在。

女：我给你缝上个坎肩肩，
　　顶如给你挂个窗帘帘。

男：棉坎肩肩前后心暖，
　　顶如我铺疙瘩[1]二五毡。

女：我给你缝上个罩腰腰，
　　常年年能睡个暖觉觉。

男：你给我缝上双牛鼻鼻鞋，
　　我穿上兜跟兜跟眊你来。

女：我给你做一双实纳底底鞋，
　　单怕你穿上再不来。

男：松紧口帮帮千层底，
　　松紧忙闲忘不了你。

女：早想给你做上两双鞋，
　　家大人多往哪抬[2]？

男：二更天睡觉鸡叫起，

193

---

[1] 疙瘩：一块。
[2] 抬：放或藏。

鞋包包放在柜脚底。

女：当脚心纳的是九针针，
　　常记住妹妹这实心心。

男：针线细致鞋样样新，
　　我名下只数小妹妹亲。

女：三针两线算不了个甚，
　　只要哥哥你不嚎哄[1]。

男：三针两线你给我缝，
　　我给你买个洗脸盆。

女：你给我买个洗脸盆，
　　我把你整拾成个干净人。

男：洋瓷脸盆不贵贵，
　　我给你买上一对对。

女：半盆盆凉水火炉炉上温，
　　甚会儿也不忘你这好恩情。

男：你给我缝来你给我补，

我给你捉一个小母猪。

女：你和我唠叨你和我笑，
　　你给我买上个小镜镜照。

男：你给哥哥做针线，
　　哥哥给你盖一进院。

女：妹妹给你做针线，
　　穿在身上常思念。

男：你给哥哥做针线，
　　哥哥引上你见世面。

女：白线黑线花红线，
　　伺候你一辈子我情愿。

男：小裤裤小袄儿小袜袜，
　　你给我缝上个布娃娃。

女：我给你缝上个倒插插[2]，
　　攒上两个银钱好成家。

[1] 嚎哄：喊叫、张扬、起哄。
[2] 倒插插：衣服上的口袋。

8. 瞭不见妹妹好心慌

男：眼珠珠不红眼畔畔红，
　　心里头烦躁瞭亲人。

女：手巾巾揩不净泪眼窝，
　　毛眼眼忽闪瞭哥哥。

男：桃疙瘩结成死块块，
　　眼痴绿睛[1]瞭妹妹。

女：你瞭我来我瞭你，
　　咱二人不知道谁瞭谁。

男：我瞭你来你瞭我，
　　泪眼睛瞭成个胶锅锅。

女：人前不瞭人后瞭，
　　我瞭哥哥天知道。

男：东梁上不瞭西梁上瞭，
　　我瞭妹妹满山绕。

女：半前晌瞭来半后晌瞭，
　　瞭不见哥哥好枯燥。

男：半前晌瞭在半后晌，
　　瞭不见妹妹好心慌。

女：早起瞭在黑将来，
　　瞭不见哥哥走将来。

男：早起瞭在阳婆落，
　　瞭不见妹妹眼皮皮跳。

女：阳婆出宫人下地，
　　瞭不见哥哥我萦记[2]。

男：阳婆婆出宫我担水，
　　瞭不见你家烟囱瞭不见你。

女：阳婆落了鸡进窝，
　　瞭不见哥哥急死个我。

男：阳婆婆落了正昏黄，
　　瞭不见妹妹上了房。

［1］眼痴绿睛：呆呆地看、瞭望。
［2］萦记：惦记。

女：你要瞭亲亲阳婆正，
　　妹妹在房顶宸烟洞。

男：你要瞭哥哥半前晌，
　　羊铃铃不响马铃铃响。

女：你要瞭亲亲晌午过，
　　妹妹正在阴凉地坐。

男：你要瞭哥哥半后晌，
　　羊儿起晌我上梁。

女：你要瞭亲亲黑将来，
　　我在场面搂穰柴。

男：小妹妹住的是圪洞院，
　　你要瞭哥哥上场面。

女：因为瞭哥哥挖苦菜，
　　风沙沙打来阳婆婆晒。

男：那一天瞭你黄风天，
　　石沙沙打得睁不开眼。

女：手搬住墙头瞭哥哥，
　　石沙沙蔽了两眼窝。

男：炉子不快宸烟洞，
　　瞭亲亲打了两眼坌[1]。

女：为瞭哥哥摘毛杏儿，
　　挽了一篮篮阳蒿头儿。

男：瞭亲亲瞭得好眼花，
　　转了脖子回不了家。

女：簸箕头有炭不烧火，
　　嘴说是抱柴瞭哥哥。

男：瞭见河河喝不上水，
　　瞭见村村瞭不见你。

女：满沟雾气麻阴阴天，
　　瞭不见村村瞭山线。

男：山前云彩山后雾，

196

[1] 坌：读bēn音。尘土、沙砾。

瞭不见妹妹山挡住。

女：骑上骆驼风头高，
　　瞭不见妹妹瞭树梢。

男：瞭不见烟囱瞭烟尘，
　　瞭不见妹妹泪淹心。

女：瞭哥哥瞭得眼花啦，
　　千谷穗认成花麻啦[1]。

男：一出大门朝南瞭，
　　粪圪堆认成个龙王庙。

女：瞭哥哥瞭得眼干啦，
　　包下的饺子吹干啦。

男：瞭妹妹瞭得心困啦，
　　大睁两眼梦梦啦。

女：朝南上来一伙伙，
　　左瞭右瞭没哥哥。

男：朝南上来一对对，
　　左瞭右瞭没妹妹。

女：朝南上来一挂驴驴车，
　　只当是哥哥来搬我。

男：朝南上来个女娃娃，
　　只当是妹妹来眊咱。

女：二八月天乱穿衣，
　　我把人家当成你。

男：二八月天乱穿衣，
　　操心人家哄了你。

9. 不估划咱二人活分离

女：只估划为朋友长流水，
　　不估划咱二人活分离。

男：只估划咱二人有姻缘，
　　不估划为朋友三两天。

---

[1] 千谷穗、花麻：两种植物。

197

女：清格粼粼凉水冻成冰，
　　热格洞洞亲亲活离分。

男：绿格茵茵蔓蔓刀割断。
　　笑格盈盈亲亲活拆散。

女：吊起窗扇扇瞭蓝天，
　　你把亲亲扔了个远。

男：长脖子大雁头迎西，
　　好扔亲亲难扔你。

女：石鸡过河半翅翅飞，
　　离不开村村扔不下谁？

男：人在外头心在家，
　　这一回哥哥扔你呀。

女：葡萄开花一圪抓[1]，
　　扰乱我的心思你走呀。

男：走呀走呀实走呀，
　　这一回走了扔你呀。

女：咱为朋友没几天，
　　你扔得亲亲心不圆。

男：羊肠肠小路蒺藜儿多，
　　这一回扔你不由我。

女：一出大门跳山坡，
　　哥哥你一定要扔我？

男：黑云满天下雨呀，
　　一心一意扔你呀。

女：蛇过大路下雨呀，
　　你扔亲亲骂你呀。

男：黑云接日下雨呀，
　　我不扔亲亲害你呀。

女：四山生云下雨呀，
　　你叫亲亲怎死呀？

男：蚂蚁搬家下雨呀，
　　你家那女婿娶你呀。

[1] 一圪抓：一串。

瞭不见妹妹山挡住。

女:骑上骆驼风头高，
　　瞭不见妹妹瞭树梢。

男:瞭不见烟囱瞭烟尘，
　　瞭不见妹妹泪淹心。

女:瞭哥哥瞭得眼花啦，
　　千谷穗认成花麻啦[1]。

男:一出大门朝南瞭，
　　粪圪堆认成个龙王庙。

女:瞭哥哥瞭得眼干啦，
　　包下的饺子吹干啦。

男:瞭妹妹瞭得心困啦，
　　大睁两眼梦梦啦。

女:朝南上来一伙伙，
　　左瞭右瞭没哥哥。

男:朝南上来一对对，
　　左瞭右瞭没妹妹。

女:朝南上来一挂驴驴车，
　　只当是哥哥来搬我。

男:朝南上来个女娃娃，
　　只当是妹妹来眊咱。

女:二八月天乱穿衣，
　　我把人家当成你。

男:二八月天乱穿衣，
　　操心人家哄了你。

9. 不估划咱二人活分离

女:只估划为朋友长流水，
　　不估划咱二人活分离。

男:只估划咱二人有姻缘，
　　不估划为朋友三两天。

197

---

[1] 千谷穗、花麻:两种植物。

女:清格粼粼凉水冻成冰，
　　热格洞洞亲亲活离分。

男:绿格茵茵蔓蔓刀割断。
　　笑格盈盈亲亲活拆散。

女:吊起窗扇扇瞭蓝天，
　　你把亲亲扔了个远。

男:长脖子大雁头迎西，
　　好扔亲亲难扔你。

女:石鸡过河半翅翅飞，
　　离不开村村扔不下谁?

男:人在外头心在家，
　　这一回哥哥扔你呀。

女:葡萄开花一圪抓[1]，
　　扰乱我的心思你走呀。

男:走呀走呀实走呀，
　　这一回走了扔你呀。

女:咱为朋友没几天，
　　你扔得亲亲心不圆。

男:羊肠肠小路蒺藜儿多，
　　这一回扔你不由我。

女:一出大门跳山坡，
　　哥哥你一定要扔我?

男:黑云满天下雨呀，
　　一心一意扔你呀。

女:蛇过大路下雨呀，
　　你扔亲亲骂你呀。

男:黑云接日下雨呀，
　　我不扔亲亲害你呀。

女:四山生云下雨呀，
　　你叫亲亲怎死呀?

男:蚂蚁搬家下雨呀，
　　你家那女婿娶你呀。

[1]一圪抓:一串。

女:青石盘栽葱扎不下根，
　　软话话留不住硬心人。

男:哥哥要走你不要留，
　　留来留去添忧愁。

女:丁猛子[1]听见哥哥走，
　　脚板板踏在炉圊[2]头。

男:圪溜[3]榆树马爬坡，
　　哥哥扔你没奈何。

女:前三天说下后四天走，
　　一句话说下个肉眼眼抖。

男:前三天说下后四天走，
　　泪蛋蛋噙在眼里头。

女:一疙瘩砖头堵住口，
　　我哭成个泪人人你怎走?

男:叫一声亲亲你不要哭，

谁有头发好装秃?

女:干牛粪片片当焰柴，
　　这一遭走了甚会儿来?

男:二饼子牛车七根衬，
　　这一遭走了没远近。

女:关住大门放开狗，
　　说不下个日子不叫你走。

男:白马备上那黑褥子，
　　多会儿回来没日子。

女:说不下日子不叫你走，
　　抱住你的胳膊揪住你的手。

男:沙圪堵上车西包头下，
　　再眊亲亲那是一句话。

女:你想走来也不难，
　　你给我说下个所以然。

男:爬红崖来上柳树。

----

[1] 丁猛子:猛然。
[2] 炉圊:炉灰坑。
[3] 圪溜:弯曲。

哥哥不走穷难住。

女:桃花开了杏花白，
　　挣下银钱就回来。

男:黑土崖崖红鞋店。
　　挣钱不挣钱秋后见。

女:三春气黄风才待刮，
　　小妹妹难活你走呀。

男:哥哥起身你不要留，
　　二五八不走三六九。

女:大红槟果墙上挂，
　　今儿红火明儿走哇。

男:二饼子牛车抹麻油。
　　磨到多会儿也得走。

女:西北大风好好儿抽，
　　人留天留明儿再走。

男:人留天留地不留，

苦菜芽芽不敞口。

女:石榴榴开花石榴榴树，
　　实心心留你留不住。

男:前房檐冻冰后房檐消，
　　哥哥要走迟不如早。

女:白天刮风黑夜晴，
　　你走了妹妹咋安心?

男:白天不见梦里头见，
　　想见哥哥后半夜。

女:水口上流水坛坛里接，
　　这一遭走下个心不歇。

男:黑紫墨毛驴灰肚膛，
　　万没想落下个这下场。

女:不要骑马步行上走，
　　留下两个脚踪留想头。

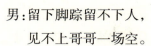

男：留下脚踪留不下人，
　　见不上哥哥一场空。

女：早知道哥哥走口外，
　　多腌它两罐罐酸苦菜。

男：早知道这地方不养人，
　　还不如转成个哑牲灵。

10. 笑上来了哭上走

男：狠心心甩脱妹妹的手，
　　马鞍上解下皮扯手。

女：干粮袋袋放在马鞍鞍上，
　　回来不回来你度量[1]。

男：娉出门的闺女放出手的帐，
　　回来不回来不敢量[2]。

女：临走说了个不敢量，
　　你把妹妹的心揪上。

男：手扳住鞍鞍上了马，
　　扔不下妹妹又能咋？

女：鞭梢梢一绕马蹄蹄乱，
　　你把妹妹的心揪烂。

男：哥哥上马妹妹拉，
　　布衫衫攓成了凉褂褂。

女：布衫衫攓成那凉褂褂，
　　只要你不走有弥法[3]。

男：放松那扯手马回头，
　　再看一眼妹妹泪长流。

女：揪住哥哥揪不住马，
　　妹妹的泪蛋蛋大把抓。

男：孤雁离群呱呱吼，
　　笑上来了哭上走。

女：哭上送哥哥哭上回，
　　世上难活再数谁？

[1] 度量：度读duo音。盘算、考虑。

[2] 不敢量：不一定。

[3] 弥法：弥补的办法。

男：踢起一股黄尘扔下一溜踪，
　　好端端的朋友两离分。

女：骑上切刀过了河，
　　刀割水清扔了我。

11. 三天没见亲亲的面

男：三天没见亲亲的面，
　　肚里头锈成个生铁片。

女：三天没见亲亲的面，
　　大仙庙上许口愿。

男：这两天想你右眼眼跳，
　　三疙瘩砖头盖起个庙。

女：那两天想你左眼眼跳，
　　大闺女上了个奶奶庙。

男：那两天想你心有点儿煽，
　　脯脯上压了个大磨盘。

女：这两天想你心有点儿慌，
　　月亮地烧了三炷柏叶香。

男：前一阵阵想你脯胸骨骨憋，
　　这一阵阵想你喉咙筒筒噎。

女：前一阵阵想你耳朵梢梢烧，
　　这一阵阵想你心嘴嘴跳。

男：想亲亲再不要那么想，
　　稀粥米汤喝咂上。

女：想亲亲再不能这么想，
　　好朋友贴不在眼皮上。

甲：想你想得我老啦，
　　水葫芦芦眼皮不饱啦。

乙：想你想得我瘦啦，
　　裤带眼眼不够啦，

甲：想亲亲想得眼花啦，
　　千谷穗认成花麻啦。

乙:想亲亲想得眼瓷啦,
　　灰铲子当成铁匙啦。

甲:想亲亲想得不能啦,
　　浑身身烧成个火龙啦。

乙:想亲亲想得病重啦,
　　四梢梢[1]挺成硬棍啦。

甲:想亲亲想得不安生,
　　房背后跑下一溜踪。

乙:想亲亲想得不安生,
　　大愿许下个骆驼牲。

甲:铜锁锁锁在躺柜上,
　　想亲亲想在心肺上。

乙:窗台下栽一颗苍耳苗,
　　想亲亲想下个抠心痨。

甲:想亲亲想得没做法,
　　解开辫辫嚼头发。

乙:想亲亲想得没活法,
　　笨刀背背抹脖脖。

甲:雨打芝麻天不收,
　　这两天想你小命命丢。

乙:霜打黑豆叶叶稀,
　　小亲亲命短等不上你。

甲:端起盅盅放下碗,
　　想亲亲想得吃毒药。

乙:想你想得活不成,
　　打烂镜子吃水银。

12. 谁能治了这相思病

女:小肚肚不憋腰不困,
　　小妹妹害得是相思病。

男:好马驮不动千斤重,
　　好先生治不了相思病。

---

[1] 四梢梢:四肢。

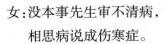

女：没本事先生审不清病，
　　相思病说成伤寒症。

男：有本事先生没出世，
　　得上那相思病无人治。

女：半声声咳嗽半口口痰，
　　相思病拖成慢伤寒。

男：半身身酸麻半身身瘫，
　　谁也号不了相思病的脉。

女：苦命鬼不和人一样，
　　相思病偏害在我身上。

男：哥哥得上那相思病，
　　死上十回没人问。

女：汤药丸药吃了个遍，
　　不如咱二人见一面。

男：头疼脑热拔火罐，
　　相思病就得人来劝。

女：吃药扎针治不好，
　　只要哥哥来一遭。

男：吃药扎针瞎败兴，
　　哥哥一来没病痛。

女：今日见面心不想，
　　明日不见病一场。

男：天天见面天天想，
　　相思病那是佯圪装[1]。

女：穿上毛鞋脚不冻，
　　谁能治了我这相思病？

男：要是治了你那相思病，
　　问声亲亲你给点儿甚？

女：如若治了我这相思病，
　　你想要甚我给甚！

201

[1] 佯圪装：假装。

13. 快刀刀割不断相思情

女：打了个喷嚏呵了个牙[1]，
　　是不是远路亲亲念诵咱？。

男：梦了个噩梦跌了个牙，
　　是不是远路亲亲忘了咱？

女：清早起来野鹊鹊喳，
　　是不是远路亲亲来眊咱？

男：清早起来头皮皮麻，
　　是不是远路亲亲咒骂咱？

女：野鹊鹊野鹊鹊你不要喳，
　　你给我那亲亲捎上一句话。

男：小妹妹小妹妹你不要骂，
　　我给你捎一句贴心活。

女：捎话捎给那实心心人，
　　捎给那灰鬼扬一股名。

男：半个月捎了十五道信，
　　知心的话话没说尽。

女：南胡燕含得千里柴，
　　捎话话不如你自个儿来。

男：一有云彩就刮风，
　　想眊亲亲起不了身。

女：青腿大雁红腿鹅，
　　不能步行套上一挂车。

男：三十里明沙四十里水，
　　想眊亲亲跑不行那腿。

女：说下日子哄了我，
　　想死见不上后腋窝[2]。

男：死日日不来活日日来，
　　你把那世事盘算开。

女：说下日子定下计，
　　亲亲你不来甚主意？

[1] 呵了个牙：打了个哈欠。
[2] 后腋窝：后脖颈。

男：二饼子牛车闪断辕，
　　驴没草料我没钱。

女：大雁往北又往南，
　　想亲亲的日子多会儿完？

男：叫一声妹妹拿起点儿刚[1]，
　　从今往后再不要想。

女：红嘴鸦儿飞进莜麦林，
　　想亲亲那又不由人。

男：叫一声亲亲狠一狠心，
　　你就当世上没我这个人。

女：大山水刮不断芦草根，
　　快刀刀割不断相思情。

男：大山水刮不断心上的路，
　　快刀刀割不开连心肉。

---

[1] 刚：刚强。

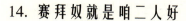

14. 赛拜奴就是咱二人好

忽尼马汗布旦古利儿[1]妹子不会做，
还是马内[2]黄米干饭将就两天吧。

合勒黑勒毛利白[3]妹子不会骑，
还是马内那大耳朵毛驴将就两天吧。

花日太塔日其克[4]妹妹不会缝，
就把你那烂羊皮将就两天吧。

三十三颗荞麦依仁依松达楞太[5]，
再好的妹妹忽尼混拜[6]。

努呼日依日奎[7]拿鞭鞭打，
毛日呀呼奎[8]捎上一句话。

珍珠玛瑙满头红，
进财的胡痕都[9]玛内都[10]。

207

[1] 忽尼马汗布旦古利儿:蒙古饭食。

[2] 马内:我们。

[3] 合勒黑勒毛利白:高头大马。

[4] 花日太塔日其克:绣花烟荷包。

[5] 依仁依松达楞太:九十九道棱。

[6] 忽尼混拜:人家的人。

[7] 努呼日依日奎:马儿不走。

[8] 毛日呀呼奎:朋友不来。

[9] 胡痕都:妹妹。

[10] 玛内都:在我们这里。

金图鲁玛给金赛古鲁给[1]，
蒙古哥哥好人材。

黑召赖沟栽柳树，
咱看那毛阿肯[2]妹妹走两步。

黑土崖崖傍大路，
世上的朋友交不够。

和你交朋友我有些怕，
不懂你说甚答不成个话。

听不懂说话我给你教，
赛拜奴就是咱二人好。

早想和你交一交心，
单怕你额吉眉脸红。

我阿妈人老心眼好，
她不把汉人妹妹另眼瞧。

你额吉愿意不算话，
咱咋能迈过你阿爸？

叫声妹妹你听真，
我阿爸就是汉族人。

---

[1] 金图鲁玛给金赛古鲁给：镶着珍珠的帽子放射着金色的光芒。

[2] 毛阿肯：蒙古女子名字。

作家漫笔

歌 海 赋

贺政民

209

　　鄂尔多斯歌最多。歌声是鄂尔多斯人民带韵的语言,也是鄂尔多斯人民心的灵光。假如你不会唱歌,你就别想在鄂尔多斯播种友谊,嫁接爱情,收获欢乐。在这里,有人的地方必有酒,有酒的地方必有歌,有歌的地方必有欢乐。歌是酒的血液,热情是歌的体温……歌,歌,歌! 到处是歌的浪,歌的波。便是定居在鄂尔多斯的汉族兄弟,也都舒心地泡在这歌的海洋里,任凭那优美动听的歌的波涛,去拨动自己的诗情拧成的心弦。

　　　　　　　　——摘自《贺政民自选集》 内蒙古人民出版社出版

爬 山 调

巴彦淖尔的歌

1.什么人留下个活分离

樱桃好吃树难栽，
朋友好了离不开。

牵牛牛开花拧成一根绳，
你走我在咋安生？

大青山后卧白云，
你走我在丢了魂。

东山点灯西山明，
你走我在活不成。

你走东来我在西，
你叫妹妹依靠谁？

半山坡开了一朵无根花，
扰乱妹妹心思你走呀。

大黄风刮起满天沙，
扔下妹妹你走呀。

早知道天高不种地，
早知道你走不嫁你。

石榴榴开花石榴榴树，
实心心留哥哥留不住。

你要走呀尽管走，
再不要给妹妹留想头。

瓢葫芦开花黄罗伞，
一个人离别两个人难。

石鸡子过河半翅翅飞，
离不开这村村撂不下谁？

一对对胡燕儿口衔泥，
好扔村村难扔你。

有心甩开扭头走，
难舍难离难分手。

山头上下雪树林林白
牵魂线挂住我咋走开？

叫一声小妹妹你拿起点刚，
哥哥走了你不要想。

再不要想哥哥大门上站，
灰小子过来瞭眼儿看。

一对对鲤鱼顺水水流，
你把哥哥记心头。

野鹊鹊过河展翅翅飞，
忘了村村忘不了你。

七月的黄瓜落了架，
忘了你的毛眼眼忘不了你的话。

看了妹妹一眼又一眼，
再看一眼泪遮眼。

一疙瘩石头堵山口，
哭成个泪人人咋叫哥哥走？

昭君坟盖庙慢悠悠坡，
做什么事情思谋思谋我。

红柳绕河雾罩林，
离了村村撂不下人。

走一个村村抽一袋烟，
越走越远见不上面。

阳婆落在西山畔，
牵魂线线咋撅断？

人家红火一对对，
撂下孤雁小妹妹。

骑上马儿拧回头，
泪蛋蛋滴在马鞍轿。

2.什么人留下个活守寡

糜茬谷茬荬子茬，
什么人留下个活守寡？

二月二来龙抬头，
人家红火我发愁。

三月三来是清明，
蒸上供献[1]等亲亲。

有钱的男人家里坐，
没钱的汉子外头过。

种不起葫芦安不起瓜。
哥走后套妹在家。

3.小妹妹哭得心嘴嘴抖

清湛湛凉水熬红茶，
叫一声妹妹我走呀。

高粱颗颗碾成米，
哥哥出门离开你。

头枕胳膊睡冷地，
一句话说下我两眼泪。

新犁新铧新开的地，
刚刚成家就分离。

倒坐炕沿捻麻线，
这一回走了多会儿见？

二饼饼牛车七根衬，
这一回走了没远近。

鸡叫三声东方白，
天年好了就回来。

砍倒大树又刨根，
东离西散一家人。

你走后套你管你，
丢下小妹妹红火谁？

骑上骡子扔下马，
你走后套我咋呀？

你心里难活我心上愁，
有三分奈何谁想走？

青石盘栽葱扎不下根，
不离这地方活不成。

213

<hr>

[1] 供献:逢年过节蒸的面食。

喝一口红茶定一定心，
心里头难活强起身。

哥哥上马一溜风，
你还给哥哥安顿些甚？

上那个山来砍那个柴，
没办法哥哥才离开。

哥哥你到了大后套，
常常价给我把话捎。

哥哥出门求生路，
小妹妹不要再强留。

离乡在外揽长工，
不要串门子贪花红[1]。

我走后套主意正，
劝了我的耳朵劝不了心。

你好走来我好在，
九天仙女你不要爱。

哥哥起身就要走，
小妹妹哭得心嘴嘴抖。

河当中打起一道坝，
小妹妹的话话全记下。

走呀走呀吃一顿糕，
拉拉扯扯走不了。

珊瑚河消冰满河水，
忘了吃饭也忘不了你。

东南风刮起千层浪，
你哭成泪人人我凄惶。

哥哥一步三回头，

我要走来你不要拉，
越拉越扯越难活。

山雀落在柳林洼，
牵魂线拽住上不了马。

[1] 贪花红：贪图红火热闹、贪图女色。

211

小妹妹瞭见泪长流。

走呀走呀丢下一道踪，
不叫我活呀给快刑。

马走千里一道道线，
这一回离开甚会儿见？

走了三里又五里，
地方好离人难离。

4.长长的捻子熬不到头

那几年你还想家来，
这几年不知你想谁来。

有钱没钱你回来，
小妹妹贪人不贪财。

掌柜的问你因为甚，
就说是亲亲得了病。

骡子走前马走后，

魂灵灵儿就在你身背后。

霜打黑豆叶子稀，
魂灵灵甚会儿也跟着你。

房檐上的流水瓦扣瓦，
魂灵儿跟上你回来哇。

只估划你走在红泥口，
不估划你走在西包头。

初几十几二十几，
二十几不回来盼月底。

叫一声哥哥你人精明，
你不要那么没良心。

一个月亮半截截明，
一间正房半间间空。

盼了一天又一天，
谁知道多会儿见上面。

215

5.长脖颈骆驼

一出大门扬了一把沙，
双手手揩泪上不了马。

黄河出岸漫滩滩水，
小妹妹一心等着你。

一出大门朝东瞭，
双手手揩泪上不了马鞍鞘。

房背后留下一把引火柴。
清早起想到你黑将来。

长脖颈骆驼细毛绳绳拉，
也不知哥哥你走在哪？

羊羔羔吃不上山顶顶草，
山高路远到不了。

你好比无根沙蓬漫滩跑，
哪儿挂住哪儿好。

扬一把沙土弯一弯腰，
不是眼跳就耳朵烧。

长脖颈骆驼细毛绳绳拉，
哥哥走了妹想呀。

盼亲亲盼得眼发干，
半夜醒来大声喊。

黄河流凌凌压凌，
难活不过人想人。

胡麻籽籽调凉粉，
出远门的亲亲凭良心。

白天想你满村转，
黑夜想你眼发干。

不大大的灯盏一点点油，
长长的捻子熬不到头。

白天想你房上瞭，
黑夜想你睡不着觉。

前晌想你墙头上爬，
后晌想你大门上挖。

清早想你大门洞洞站，
到夜晚想你吃不进饭。

前半夜想你煽不熄灯，
后半夜想你翻不过身。

想哥哥想得出不了门，
成天哭成个泪人人。

想哥哥想得心嘴嘴疼，
泪蛋蛋流下两铜盆。

想哥哥想得心口口疼，
泪蛋蛋和泥盖起昭君坟。

想哥哥想得泪蛋蛋掉，
泪蛋蛋和泥盖起庙。

想哥哥想得没吃饭，
嘴唇唇烤成个稀巴烂。

想你想得得了病，
先生说我是伤寒症。

好骆驼拖不动千斤重，
好先生难治我这相思病。

217

6.想妹妹想得往死想

想妹妹想得见不上，
妹妹的相片片我装上。

相片片不大二寸半，
装在身上路上看。

不大大相片片二寸半，
哪阵阵想起哪阵阵看。

黄河岸上搂青柴，
刚刚忘了想起来。

寸草长在山根底，
想妹妹全在三春期。

朝东来了朝西回，
这地方不红火短了个谁？

沙胡燕儿出窝一群群，
这地方人多没亲亲。

鸽喽喽出窝一对对，
这地方再好没妹妹。

三层石头两层山，
山高路远咋捞探？

下罢大雨露蓝天。
多会儿见上毛眼眼？

七月糜子刚翻米，
多会儿见上小妹妹？

白萝卜拌菜脆铮铮，
多会见上笑盈盈？

莜麦开花结穗穗，
掏心挖髓想妹妹。

白马青鬃四银蹄，
马身上丢盹梦见你。

白日里想你常丢盹，
到黑夜想你睡不稳。

大红糜子刚吐穗，
想起妹子不瞌睡。

天上响雷发大水，
左盘右算见不上你。

红枣红来酒枣脆，
谁知道我心里想妹妹？

胡燕垒窝房上吊，
我想妹妹谁知道？

远远瞭见西梢林，

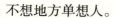

不想地方单想人。

白灵灵雀儿花背背，
走着坐着想妹妹。

红豆开花一对对，
心想口念小妹妹。

想妹妹想得眼睛晃，
刮起一苗沙蓬当成狼。

黑洞洞云彩闷地地雷，
想死也见不上小妹妹。

想妹妹想得转了向，
套马杆放在猪身上。

南梁上打闪一道道明，
枕头上做梦一场空。

想你想你还想你，
锄谷子扛了一张犁。

拿起镢头刨一刨地，
手做营生心想你。

一群麻雀墙头上落，
想妹妹想得把魂撂。

想妹妹想得满山转，
苍耳苗扎下两腿腕。

沙沟里流水石沟里响，
想妹妹想得往死想。

想妹妹想得眼花乱，
蒲公英认成车串串。

7. 哪天盼回哥哥来

穷人家长来穷人家生，
年纪轻轻揽长工。

过了一年又一年，
扛长工多会儿才团圆。

9.总算盼回亲亲来

三畦畦白菜两畦畦葱,
三月里想亲亲到如今。

手拿上针线纳鞋底,
针针线线思谋你。

蛇过大道蝙蝠飞,
冰天雪地我也要回。

我给你做下一对牛鼻鼻鞋,
哪天盼回哥哥来?

喜鹊鹊垒窝含干柴,
不顾生死我跑回来。

8.哥哥甚会儿回家来

天上下雪地上白,
总算盼回亲亲来。

大庙上烧香三股股烟,
见不上哥哥敬神仙。

你揽长工进后山,
可叫乌拉山遮了个暗。

抱住哥哥亲了个嘴,
满肚肚生铁化成水。

大白兔兔大路上卧,
好好的人儿装难过。

蛤蟆口炉炉烧干柴,
天天盼哥哥盼不来。

白羊肚手巾红腰带,
哥哥甚会儿回家来?

长 调

蒙古族情歌

1.森吉德玛

从那弦子一头生出阵阵清风,
从你内心里头说出细语温存。
想起了你的聪明智慧,
森吉德玛,
拿着黄金寻遍天下也找不出第二个你!
苦处为什么这样多,森吉德玛。

长得比那孔雀的翎毛还要美丽,
生得比那东海的水还要清澈。
要是在人世上能获得再生,
森吉德玛,
但愿我们能在一起自由地生活。
苦处为什么这样多,森吉德玛。

长得比那桂花还要鲜艳,
生得比那碧海的水还要清秀。
想起了你的聪明才智,
森吉德玛,
今生不能相聚来世也要同双。
苦处为什么这样多,森吉德玛。

长得比那栽种的树木还端庄美丽,
生得比那鹰鹫的羽毛还要光亮。
盼望着来世再生的时候,
森吉德玛,
把我那坚贞不移的心再向你献上。

苦处为什么这样多,森吉德玛。

当我铺上毡毯睡意朦胧,
刻骨的相思引我入梦。
当我从睡梦中惊醒的时候,
森吉德玛,
当我东瞅西瞧仍然是只身茕茕。
苦处为什么这样多,森吉德玛。

你那梳着辫子的头发,
仿佛梅花鹿的犄角一样。
你那闪闪眨动的眼睛,
森吉德玛,
比那夜晚的明灯还晶亮。
苦处为什么这样多,森吉德玛。

223

你那扎着辫绳的头发,
好像天鹿的花角一样。
你那转瞬一瞥的眼睛,
森吉德玛,
犹如天上的女神下凡。
苦处为什么这样多,森吉德玛。

从那十里路程上走来的呀,
要同心爱的你会面。
在你家的牛粪堆旁,
森吉德玛,
你那像粪筐嘴脸的婆婆又在泼骂阻挠。
苦处为什么这样多,森吉德玛。

从那二十里路程上走来的呀，
要同心爱的你会面。
在你家的牛粪堆旁徘徊了二十天，
森吉德玛，
你那羊头般嘴脸的婆婆又在唠叨。
苦处为什么这样多,森吉德玛。

2.在宁静的沙丘上

在那辽阔宁静的沙丘上，
听见你的口哨比牧笛还要清亮。
头巾罩住了眉额，
看你的身影像婆娑的杨柳一样。

明媚的眼波好像那清澈的泉水，
默默地传递着你那纯真的爱情。
柔软的双臂在双袖中舞动，
远远地握住我这爱恋的心。

嫣然一笑露出那洁白的牙齿，
含情的眼睛多么迷人。
乌黑的辫子闪烁着光芒，
美妙的言谈娓娓动听。

你那温柔贤淑的心情，
比那潺潺的溪流还要洁净。
你那白里透红的脸颊，
像那乌敦巴尔花儿一样鲜明。

从前边望见你的脸面，
像那白色的莲花开放。
和我心爱的你坐上一阵，
不觉得时光久长。

从后边望见你的背影，
像那金色的孔雀开屏。
你那温柔善良的心地，
普天下也难找寻。

在那万人集会的场所里见到你，
就像透过云雾露出了太阳，
你那超凡出众的才貌，
走遍世界也难寻访。

3.温都尔玛

银黑马的小走步，
多么使人忧伤。
和那相好的人儿分离，
多么使人惆怅。

挺立着的白房子，
就在那山腰间。
惹人喜爱的温都尔玛，
就像公主一般。

池里有绿色的水藻，
一定有鱼儿游泳。
姑娘在年轻的时候，
总是秀丽隽永。

黄花的蝴蝶，
在院墙上飘上飘下，
轻薄的巴音必力格，
要来娶温都尔玛。

黑花的蝴蝶，
在山岩飘上飘下，
从外旗来的巴音必力格，
要来娶温都尔玛。

黄马肥壮，
那是草料喂得好，
心中悲伤，
温都尔玛要出嫁了。

花马要走的路，
是在阿拉善的大道上。
要娶温都尔玛的人，
住在阿拉善的衙门上。

4.鄂托克旗的西边

鄂托克旗的西边呀，

路途多么遥远。
想和巴图巴耶尔见一面，
该有多么艰难。

檀树下有阴凉，
坐下歇一会儿吧。
要是话儿不投机，
难道就丢不开。

柳树下有阴凉，
坐下乘凉吧，
若是前世有姻缘，
终能见得上。

227

木瓜树若有树苗，
一定会生长起来的。
相爱的人若是都活着，
一定会见上面。

柳树的小苗儿，
很快就会长起来，
多年相处惯了的人，
涕泪交流难分开。

人在分离的时候，
谁能不掉泪呢?
只要活着的人在，
终有相见的一天.

值一百四十两的，
是那斑白的花马。
一阵阵想起的，
是心爱的你。

不是为了你那
红绸的袍子哟，
而是为了你那
动听的话语。

不是为了你那
黄绿的手巾哟，
而是为了你那
两句动听的话。

不是为了你那
绿绒的褂子哟，
而是为了你那
稳重可爱的性情。

不是为了你那
对折的手巾哟，
而是为了你那
满嘴的白牙。

不是为了你那
墜子宝盖哟，
而是为了你那
青黑的眉毛。

不是为了你那
银色的手镯哟，
而是为了你那
好看的眉毛。

不是为了你那
白色的羊群哟，
而是为了你那
坚贞如一的心。

5.听罢你的琴音再走吧

拉起你的胡琴来，
听罢你的琴音再走吧。
送给我的顶针子，
我就戴着它过门吧。

打起你的扬琴来，
听罢你的琴音再走吧。
送给我的牙签儿，
我就带着它出嫁吧。

要是有一对翅膀，
就能在天空飞翔。
要是有缘分的话，
就该和你同把轿车上。

阿格鲁草在哪里，
柏树就长在哪里。
欢乐在什么地方，
心也永远飞向什么地方。

榆树在哪里，
阴凉也就在哪里。
情人在什么地方，
心也永远在什么地方。

胳膊肘儿破了，
藏在袖管里，
沉重的忧伤呀，
藏在那心里。

愿家乡美丽富饶

——写在《西口情歌》之后

燕治国

231

我的家乡河曲县，静静地躺卧在山西省地图边子上。小县过去穷而偏僻，十年九旱，自古便是苦焦的地方。那里曾经是抵御外族的边关，又是蒙汉交好的发源地。四五个世纪以前，我的勇猛而顽强的父老乡亲，为了活下去，为了活得好一些，不顾朝廷禁令，过黄河，穿沙漠，硬是在野狼出没的蒙古荒原，开创出来一块块如花似锦的生活乐园。这段历史，家乡人叫做"走西口"。个中的艰难竭蹶，写出来是一部大书。个中的悲欢离合，说起来让人肝肠寸断。

我们家几代人走西口，亲戚撒遍内蒙古。很小的时候，我曾经随着家人跪在黄河畔，迎接过我爷爷的灵柩。爷爷病死在河套川，棺木是用牛车拉回来的。我父亲走口外，一直走到河曲土改了，新中国成立了，才算结束了"刮野鬼"的流浪生涯。

到了我这一代，自然再不要走西口了。先是读书上学，以后参加工作捧上了公家的饭碗，先人们几百年迁徙流浪的陈年旧事，慢慢地从眼前飘走了。而那些自小在耳畔萦绕的凄凉的山曲儿，也随着时间的推移，渐渐地离我远去了。

大约是1982年的春天,我坐在中国作家协会文学讲习所的教室里,正在听丁玲、艾青等前辈讲述他们被放逐的故事,耳畔突然便响起来家乡的山曲儿。那歌声那么亲切,那么强烈,我甚至听出来那就是我母亲唱的。我甚至看见我父亲赶着牛牛车,正艰难地行走在库布齐沙漠里。我听到一段雄浑的历史在召唤我,我听到万千首民歌反复吟唱着一句歌词:哥哥你走西口哥哥你走西口⋯⋯

我悄悄离开教室,我无法遏止自己的眼泪。我知道自己想家了。想家乡父母,想妻子儿女。但更令我怦然心动的,是突然感觉到自己必须干一件事情,那便是把家乡的民歌整理出来,看看它到底有多少首,到底记载了些什么。

于是我开始大量搜集家乡民歌,把我从小听到的,把我所能看到的,一一摘抄记录下来。开始的时候,我就像当年走西口的穷汉走进广袤的蒙古荒原,满眼都是肥沃的泥土,满眼都是丰硕的果实。伸开手便抓,抓住了便往口袋里装。结果民歌抓了不少,但显得太杂太乱,也太耗费精力。以后忙于编刊物,忙于家务事,这件事时断时续,始终没有做完。

1995年,我从《山西文学》编辑部转到山西文学院,总算有时间去了却一桩心愿,那便是踩着先人的脚印,一直走到西口外,去体验他们当年的艰难,去领略他们创造的辉煌。在准格尔,在鄂尔多斯,在巴彦淖尔,在八百里河套,我时时能感受到先辈们留下来的气息,能感受到蒙汉人民割不断的友情。走西口是一部悲壮的流浪创业史,也是一部蒙汉民族经济文化的交融史。走西口养活了千百万内地穷汉,走西口留下来千万首悲凉的歌。这段历史似乎没有引起文化人特别的关注与研讨。走西口的故事能流传下来,几乎全靠民间传唱的小戏和山曲儿。

从内蒙古回来,我一边着手长篇小说的准备工作,一边把大量民歌输入电脑,进行一次又一次的组合筛选。删去那些常见的杂歌以后,我突然发现河曲民歌竟然就是一部相当完整的叙事长诗,而且具有史诗般的震撼力!走遍全国各地,每一个地方都有自己的民歌或情歌。但像河曲县这样,竟然有上万首民歌围绕一段历史、围绕一个主题,吟唱日月的艰难,吟唱感情的煎熬,用山曲儿来讲述一对对青年男女从嬉戏、对歌、相识到成亲、离别、思念、情伤、盼归、受苦直至西口归来的全过程，且能一代代流传下来，实在是一种十分奇特、十分令人震撼的文化现象。倾听或捧读这些凄婉动人的山乡小曲，让人感慨欷歔，心灵为之震颤。我用几年时间编完这本书。我将书名定为《西口情歌》。只有一个情字，才能把家乡父老五百年走西口的历史装进去。只有一个情字，才能表达出我对家乡的至爱。

在编选《西口情歌》时，我得到了很多热心朋友的帮助。在文学讲习所（后改为鲁迅文学院）和北京大学读书时，家乡最贴心的朋友寄来厚厚四大册油印本《河曲民歌集》。那是河曲文化馆韩运德先生在十年动乱期间精心刻印的。家乡朋友们知道我想重编河曲民歌，纷纷把自己收集的山曲儿寄给我，希望我倾尽全力编好这本书，把这些朴实无华的土特产奉献给喜欢它们的人。原河曲县常务副县长、作家王文才送我一本由晓星先生主编的《河曲民歌采访专集》，那是我几十年来遍访不得的一册奇书。我的兄长、著名作家冯苓植先生在百忙之中为我求到了胡尔查、刘彪、郭雨桥诸位先生编著的《爬山情歌全有》和李树军先生搜集整理的《河套民歌选》。在这之前，内蒙古伊克昭盟文联的柳谦老师曾赠送我一册他和王世一、张皇先生编著的《漫瀚调》。这些著作，我一直视若珍宝，藏于书柜深处。如今，为了让有心的读者大致了解蒙汉文化互融互通的关系，我从中摘选了一部分，标名为《漫瀚调：鄂尔多斯的歌》、《爬山调：巴彦淖尔的歌》、《长调：蒙古族情歌》附在书后，并摘引了同乡前辈作家贺政民先生有关西口文化的精彩论述。他早年到口外，著有长篇小说《玉泉喷绿》等作品，对我们这些当年的文学青年影响颇深。作为河曲子弟，我由衷地感谢他们。

为了使读者进一步了解《西口情歌》的历史背景和文化涵义，我在"作家漫笔"专栏里摘编了马烽、孙谦、西戎、束为、雷加、冯苓植、余秋雨、张平、贺政民、杨茂林、王文才、张石山、韩石山、鲁顺民、钟声扬等十几位作家、学者的有关论述，其中大部分摘引征得作家同意，有的略有删节和修订。余秋雨先生一时联系不上，我谨向他和诸位作家致以诚挚的感谢。

我真诚地感谢我的同乡学兄程步云、张芷华伉俪。在中学读书时，他们就给予我兄姐般的关怀和照应。以后各奔东西，他们一直关注着我的创作情况。当我遇到困难时，他们多次给予扶持与帮助。感谢周如璧、席小军、王学英、张森、李永胜、杜永进、王文才、韩连厚、李再新、席香妮诸位家乡领导和朋友们的热情鼓励和关照。这部书里，饱含着他们真挚的情谊。

真诚感谢山西省三晋文化研究会李玉明会长，老人以78岁高龄，在读过本书初稿后，提出宝贵修改意见，且力促书稿尽快出版。同时感谢三晋文化研究会刘在文副会长和成永春副秘书长、著名诗人钟声扬、中国民间文艺家协会常嗣新副主席、省人大刘双文先生，他们为本书出版事宜奔走呼吁，令我感受到一种亲人般的温暖情怀。

感谢山西古籍出版社张继红社长。去年他拍板推出我的散文集《渐行渐远的文坛老人》，书一上市，先有《解放日报》、《太原日报》、《忻州日报》等报刊连载，后有全国三十多家网站推荐、选发、连载并获得2004—2006年度赵树理文学奖，在浩繁的书海里，掀起一片"锦似的涟漪"。今年他又同时推出我的《西口情歌》和《西口漫笔》，看似文弱的张社长，却原来有着过人的胆量和气魄。感谢责任编辑落馥香女士、李永明、冀建海先生为本书付出的心血与辛劳，愿两本书能给我们带来好运和割不断的友情。

特别感谢著名剪纸艺术家李斌杰先生为本书提供八幅精美剪纸作品。感谢著名书画艺术大家雪瑅、李才旺先生为本书题写书名。感谢同乡作家鲁顺民先生为本书提供近百帧珍贵图片。祝他们好人多福，事业辉煌！

我真诚地希望有更多的人走进偏远而美丽的河曲县，看看那里的山，看看那里的河。看看河里那些神奇的滩屿，看看河对岸那细线一般走西口的路。看山看水之间，你便结识了灵动而朴拙的河曲人。你便切身感受到在悠婉动听的河曲民歌里，记载着怎样一部沉甸甸的历史。河曲民歌是几十代走西口人用生命和血泪创造出来的。那是一段历史的叙说，那是万千父老的心声。那是一部辉煌的史诗，那是一座神奇的宝库。

本书编辑出版过程中，河曲民歌和河曲二人台双双入选国家首批非物质文化遗产，这实在是令人振奋的喜讯。从此以后，这些金子般的山野小调，会更快地融入华夏文化和世界文化的大河之中。

愿家乡美丽富饶。愿读者诸君喜欢《西口情歌》。

2004年农历四月初七

2007年11月14日修订

《西口三部曲》简介

《西口三部曲》之一：《西口情歌》
《西口三部曲》之二：《西口漫笔》

作者系走西口人后代，曾沿着先人流浪创业的旧路，赴内蒙、宁夏采访。所写散文在全国各报刊发出后，反响强烈。本书选入代表作三十余篇，或描摹家乡风情，或抒写晋人晋史晋事晋趣，融历史、人物、民俗、感情于一体，题材独特，行文流畅，读来令人心潮起伏，对黄河、高原、沙漠、驼队、长城、烽火台等蒙汉景象充满向往之情。作者散文自成一家，行文洒脱飘逸，有一种让人沉醉的韵致。其作品曾被全国多家报刊发表或转载。书中还配有多幅蒙汉风情照片，带你走进迷人的塞外山水。

《西口三部曲》之三：《走西口》

长篇小说《走西口》及同名电视连续剧本以民国初年政府大肆放垦蒙地，军阀涂炭民生的历史为背景，着力描摹以河曲火山人杨满山为代表的走西口汉子们在与天灾人祸抗争过程中，体现出来的顽强的生存意识和坚韧的拼搏精神。他们用血汗修凿的杨家河，至今还造福于河套蒙汉百姓。作品在讲述蒙汉民众开拓创业、追求美好生活的同时，颂扬坚贞凄美的男女爱情和水乳交融的蒙汉情谊，同时勾勒出蒙汉农牧文化结合与交融的漫长历史。

故事自民国初年始，绵延十几年时间。不求全面展现社会风貌，也不去渲染杂乱无序的时代背景。写土地与生存，写男人与女人，写人情、乡情、蒙汉情。恶劣的生存环境泯灭不了人间刻骨铭心的爱，悲凉凄苦中孕育着欢乐和希望。

图书在版编目（CIP）数据

西口情歌/燕治国 编著. —太原：山西古籍出版社，2007.12
（西口三部曲）
ISBN 978 – 7 – 80598 – 842 – 9

Ⅰ．西...　　Ⅱ．燕...　　Ⅲ．民歌 – 作品集 – 山西省
Ⅳ．I277.225

中国版本图书馆 CIP 数据核字（2007）第 150593 号

西 口 情 歌

编　　著：燕治国
责任编辑：李永明　　落馥香

出 版 者：山西出版集团·山西古籍出版社
地　　址：太原市建设南路 15 号
邮　　编：030012
电　　话：0351 – 4922268（发行中心）
　　　　　0351 – 4956036（综合办）
E – mail：fxzx@ sxskcb. com
　　　　　web@ sxskcb. com
　　　　　gujshb@ sxskcb. com
网　　址：www. sxskcb. con
经 销 者：新华书店
承 印 者：山西新华印业有限公司人民印刷分公司
开　　本：787mm × 1092mm　1/16
印　　张：16.75
印　　数：1—5 000 册
版　　次：2007 年 12 月第 1 版
印　　次：2007 年 12 月第 1 次印刷
书　　号：ISBN 978 – 7 – 80598 – 842 – 9
定　　价：30.00 元